귀향

귀향

한호철

지식과교양

차례

1부
영자의 전성시대

1

"땡~ 그랑 땡그랑 땡~ 땡~ 그랑 땡그랑 땡~"

조용한 아침 종소리가 들린다. 이제 교회에 가야될 시간이 된 듯하다.

"아니! 뭐 이리 시끄러워?"

지나가는 사람들이 궁시렁궁시렁 해댔다. 아직도 교회 시간을 알리는 종소리는 소음이고 짜증을 유발시킨다는 의미였을 것이다.

"나는 조용하고 듣기도 좋구만..."

어쨌거든 교회라는 것이 종교적인 차원에서 좋은 것이라고 여긴 말이다. 교회는 시작 1시간 전에 울렸는데, 그것은 시계를 알려주는 의미로 미리 준비하고 나서서 모이자는 신호였다. 예배는 다시 울려주는 종소리와 함께 시작되는 것이다. 요즘은 교회에 가지 않는 사람들이 많다고, 그것도 늦게 일어나고 늦잠을 자야 된다면서 '왕짜증'을 투덜대는 세태다.

교회에 모이라는 신호가 모든 사람들에게 공감을 자극하면서, 눈만 뜨면 지나는 사람을 부르는 일종의 '전도'라고 말할 수도 있다. 새벽에 일어나는 삶, 한밤을 지나고야 자는 사람, 늦잠을 자는 부엉이 같은 분, 새벽녘에 자는 올빼미 등 다양하다. 그래서 직업상까지는 이해가 되고도 남는다.

"새파란 놈들이 모여 아침부터 연애하자고 씨부렁대는지... 뭔 지랄이여?"

지나가는 사람이 한두 마디 거들고 있었다. 한편으로는 조용한 세상에서 누가 이렇게 쇳덩어리를 때려 울리냐고 따지는 사람일 지도 모른다. 그러니 신성한 교회를 모독하느냐는 것이 아니라, 나는 내 멋으로 산다는 성격파라고 여겨도 좋을 만하다.

'정말로 이런 마수에 욕을 퍼 대면 좋은 소리 들을 것이 없는데, 내가 욕을 한 번 해주고 싶다!'

나는 체면상 마음속으로만 해주고 있었다. 어릴 적에는 소리를 듣고, 얼굴을 보면 누군지 누구의 자식인지 알 수도 있는데... 지금은 누구냐고 물어보지 않으면서 대꾸를 나눌 수도 없다. 정말 문을 열고 얼굴을 본다 치더라도 누가 욕을 하는지 알지 못할 형편이다. 목소리를 듣고도 짐작하는 세상이었다가, 인구가 좀 늘었다고 듣다보니 도통 분간하지 못하는 형편이다.

사실 시골이라고 하더라도 인구가 증가하면서 출석 교인도 두 배로 늘었다. 그러나 지금 내가 가는 교회는 도시의 변두리라서 그것이라도 자랑할 것 없다. 기껏해야 200명이 출석하는 교회이다. 따지고 보면 늘었거나 줄었거나 하는 것도 별반 다를 것이 없을 것이다. 그것은 누구든지 교인들의 심성이 어떤지가 중요할 것이다.

"아니, 무슨 헛소리야! 교회에서 연애하자고 공고하는 것도 아닌데!"

좋지 않은 말을 하고 지나가는 사람 등 뒤에 퍼붓고 보니 시원해졌다.

"그럼 너는 교회에서 연애도 해보지 못했냐?"

대뜸 끼어드는 사람이 있었다. 무심코 고개를 돌아보니 성희가 툭하고 훈수 둔 말이었다. 그러나 그대로 놔두지 말고 간섭하는 것이 맞아서 그러냐고, 그저 아무 말도 하지 말고 되는대로 듣고 있으라고, 무슨 말이든 하고 싶었다.

"야! 교회가면서 무슨 말씀이십니까?"

성희를 보고 만나서 반갑다고 인사를 하였다. 그러나 대뜸 연애타령이니 번지수가 틀린 것 같아서 퉁명스럽게 말을 했다.

"그럼 너는 정말로 연애하지도 못했다고?"

성희가 꼬치꼬치 따지듯 옛 이야기를 실토하라는 딴지를 걸었다.

"야~ 제발! 성희 너는 미투냐?"

기억도 없는 이야기를 어찌 만들어 소설을 써야 되는지, 교회 가는 시간에 무슨 시인이라는 작가냐고! 조용히 하라고 성희의 말을 막고 싶어서 뱉은 것이다.

"미투? 그것이 무엇인고?"

성희가 이어서 말을 걸었다.

"야 기지배야! 정말 말꼬투 잡을래?"

"얼씨구! 이 지지배씨는 어디서 주워 오신 말씀이야?"

성희는 영자의 말을 넘기면서 대화를 이어가고 싶었나보다.

"아이고~~ 학교 오랜 동창인데 '미투'도 몰라?"

"영자, 너! 공부 좀 했다는데 '미투'라니 해석 좀 해주든지 통역을 해주든지..."

중학교 때에는 사실 성희가 전교 1등을 했었는데, 나보고 해석을 하라거나 통역을 하라고 심사였나 보다.

"미투는 미투리의 준말인데, 어쨌든 말을 막고 트집을 잡는다는 말이다! 알았냐?"

성희에게 말대답을 하면서도 다른 대꾸할 말을 찾았던 것이다.

"너 정말 많이 아는구나. 사대부나 궁에서 신었던 신, 아까워서 치마폭에 숨겨 맨발로 모시던 신, 그러면 남에게 꼬투리를 잡힐 수밖에 없다는 얘기지?"

성희는 비양하면서도 건너뛰어 알아챈 눈치였다. 사실 미투리는 번지수가 전혀 틀린 출석부였지만, 성희는 말하는 사람을 떠보고 물어보면 귀신같이 알아채는 영악한 여자였다. 학교에 다닐 때부터 내가 지기 싫어서 자타가 인정하면서도 막상 덮어먹을 수는 없는 신세였다.

"지금 시간은 어찌되었는고?"

나는 다른 말을 하자고 싶어서 아무런 뜻 없이 물어보았다. 고향이라고 하면서 아이들은 방학을 기하여 방문한 고향이었다. 그저 오나가나 반갑고 그리운 곳이 고향이었다.

"이제 30분 남았다. 요즘은 일찍 가는 것이지?"

"응? 30분이나 남았다!"

"애야! 예전에는 일하다가 종소리가 들리면 멈추고 허리를 펴다가, 집에 가서 씻고 나서도 바빴어. 본 시작종에 늦지 않는 것만 해도 감사하지..."

역시나 척척 답변인 성희다. 물어보면 대답하고 정답까지 해설하고도 남았던 시절의 성희가 그대로 드러났다.

"하긴! 일어나서 먼저 마스크 팩을 덮어씌우다가 토닥토닥하다보면 늦기도 하겠지!"

내가 생각해도 성희의 답이 맞는 말 같았다. 하지만 반대로는 요즘 몸치장에 많은 공을 투자하는 사람들이니 늦는 것도 다반사일 것이다. 예쁜 옷을 골라 입고, 머리를 손질하고, 손발톱에 매니큐어를 덧칠하는 공력이 얼마인가 따져 계산해보니 정말 대단하다. 게다가 손가락에 반지를 끼고 귀에도 출렁출렁, 부족하면 목에 묵직한 쇠사슬을 두르고, 발목에도 가는 쇠사슬을 칭칭 메는 것을 자랑하는 듯하다.

"근데, 교회 가는 사람들이 무엇이 중요한지, 치장하고 폼을 내고 모이는 것이 중요한지 정답이 없다! 그치?"

나는 원래부터 검소하고 단출한 성격인데 수수한 차림으로 다닌다. 그러니 내 성격 상 한 마디 하지 않을 수 없어 물어본 것이었다.

"영자야! 누가 검소하거나 치장하거나 신경 쓰고 트집을 잡는 것도 아닌데 무슨 말을 하고 싶은 거냐?"

성희는 알면서도 나에게 말꼬를 틀었다. 그렇다면 내가 말꼬를 받아 이야기 하지 않을 수 없다.

"성희야! 사마리아 여인이 착한 여인 선한 여인이라고 했는데 네 기억으로는 마스크 팩하고 주렁주렁 엮었단 말이냐?"

"영자님~~ 사마리아 여인은 마스크 팩 대신 히잡을 썼고 남성은 터번을 둘렀잖아! 그게 그거 아니냐?"

"성경에 나오는 것은 물론, 여기저기 시도 때도 없이 등장하는 사마리아 여인이 모범적인 여인이라고 지칭하잖아! 공부 좀 했다고 모범 답안이라고?"

내가 생각해도 정말 착한 여인이 바로 사마리아여인이었다. 그것도 이방인이라는 닉네임이 붙어있는 여인이 선한 여인이었다는 문제 풀이를 거쳐 해답이었다고 믿는다. 사실 그런 여인이 없다고 하더라도 꾸며낸 일이라면서 권장하는 여인이었기에 모범 답안이었을 것이다.

"하긴 맞다. 그런데 다른 책에서는 교회에 모이는 사람들이 한껏 치장하고 나오는 것이 정답이더라."

성희가 가볍게 말을 하였다.

"치장도 분수지! 한껏 치장이라면 흘러넘치는 치장이겠지?"

"왜? 넘쳐 남으면 나누는 것이 선한 여인이잖아?"

성희 말을 듣고 보니 좋은 핑계로 꾸민 대화용 코멘트라는 말은 맞겠지만, 남는 치장을 꿰고 와서 주체를 못하다가 흘린다면서 나누는 사람은 없는 것이 현실이다.

"어머니 때는 교회에 가는 것이 바로 즐거움이라고 했었어. 가서 회개하고 기도하는 것이 중요하지만, 그 보다 급한 것이 노동을 쉬고 마음도 쉴 수 있는 구실이 있으니 바로 천국이라고 했었단 말이야."

그래도 나는 전혀 구미가 당하지 않았지만 한 마디 더하고 싶었다. 진짜 내 어머니는 정말 생생한 기억이 난다. 새벽부터 밤까지 일하다가 벌건 백주에 교회에 가는 것은 바로 천국행 꿈결이요 단꿈이었으리라.

"영자야! 너의 어머니께서는 정말 그렇게 고된 일을 쉴 수 있는 날, 쉴 수 있는 시간이 있어서 행복했다는 말이냐?"

"성희씨! 물어 무엇 하리!"

"정말 그렇구나. 네 심정을 몰랐었는데 곰곰 생각해보니 이해가 간다."

"야~ 그런 것을 진즉 시시콜콜 얘기를 했었어야 한다고?"

"영자 미안. 그런 마음이 아니었는데... 고생하신 어머니를 생각해보니 너 한테는 미안하고 어머니께는 죄송하구나!"

"참! 너는~ 이것이야 말로 미투다."

내가 직접 들었을 때는 그것이 그것인가 하면서 그냥 지나 쳤는데, 무엇이 무엇이냐고 따지고 보면 초등학생도 다 아는 사실이었다. 그러니 다시 생각한다면 되돌아 킬 수 없는 인생 이니 미안하고 죄송스러울 뿐이다. 더 이상 이야기를 꺼내 되 씹는다는 것이 바로 면목이 없는 형편이다. 그것이 성희에게 공감이 든다. 바로 '미투' 외에 해줄 말도 없었다.

그러나 어머니와 아버지는 열심히 일 하면서 근면 성실로 한 세상을 살다가 돌아가셨다. 그런데 남는 치장용 물품을 한 번도 두르지 않고 검소하게 차리고 교회에 다니셨다. 그런 분 들의 심정을 헤아리거나 건너 뛰어 짐작한 마음을 아는 척 하 지도 못했다. 그래서 나는 그대로 몸에 배인 실천이요 설사 실수한다더라도 교훈이었나 보다. 죽마고우인 성희에게 이 런 마음까지 속마음을 보여주고 싶지는 않았다.

"어머니도 패물을 무척 좋아하셨지!"

"그랬어? 그런데 무슨 패물을 그렇게 치장하시지 않았을 까?"

성희도 나에게 미안함을 전하면서, 나의 얼굴을 살펴보면서 조심조심 말을 꺼냈다.

"기지배야! 내 어머니는 패물이 엄청 많아! 너는 몰라?"

"내가 그것을 어떻게 알아, 니가 어찌 말이라도 했었냐?"

"야~~ 정말 몰라? 패물이 많은 사람의 마음을..."

"마음은 알았다 치더라도 실천을 하지 않으신 본 뜻을 알수는 없잖아?"

"으이고~ 의뭉하기도! 성희야, 니가 가르친다면서 일장 훈계를 했던 말이 생각나? 미국의 초기에 유명한 호텔 사장이 길을 가다가 근처의 지점 호텔을 들러 방문하였다. 검소한 옷이며, 궁색한 자동차며, 거드름이 없는 언어구사 등, 영락없는 남루한 서민의 행색이었다. 호텔의 지배인과 프런트 보이에서부터 고객으로 모시지 않는 것은 물론이며 문전박대로 쫓겨난 사장이었다고. 그래서 그런 푸대접을 그대로 받아들이고 돌아섰다. 그 후 본사에서 비상이 걸렸다. 그런 일이 있었느냐? 그 사람을 알아보았느냐? 바로 본사의 회장님, 1등 회장님이 모범시민이시라는 말!"

"푸 후후~ 그래서?"

성희가 가볍게 말을 던졌다.

"어머니나 아버지도 주렁주렁 엮은 패물은 무거워 싫다고 하셨어. 그것보다 돈을 들고 다니면 훨씬 가볍고, 먹고 싶거나 사고 싶으면 바로 해결되는 방법이 좋다고 하셨다니까. 그런데 호주머니가 두툼한 표시도 안 나고 마음만 두둑한... 그럼 됐지?"

내심 어머니의 마음을 그대로 전달할 수는 없었다. 교회에서는 여러 명목을 섬기며 여러 절기를 따라 헌금을 하라는 말을 그대로 따르지 못했기에 검소한 삶이 좋다면서, 한편으로는 미안하기도 한 것이 사실이었다. 어머니와 아버지는 일언중천금으로 실천하는 사람이니 자칫 불가한 약속은 아예 처음부터 맺지 않으셨다. 그저 양심만 가지고 살았던 두 분이셨다.

"그만~~ 말 안 해도 알아! 1절만 해라."

성희는 내가 대답하기를 왜 머뭇거리는지 이미 알아챘을 거다.

"우리 어머니가 너에게 무슨 말을 했었다고? 너도 일장연설이나 훈계를 길게 들어야 해!"

내가 어머니를 대신하는 말을 하였다. 그러나 사실 어머니의 모든 것을 주워 꿰었다가 남에게 전해주고 싶지는 않았다. 근검과 절약정신으로 무장했던 시절! 그것도 가진 것 없는 처지에 남에게 부끄럽거나 구차한 모습을 보여주기 싫었던 것이다. 그리고는 나도 할 말을 일부러 막고 애써 외면하였다.

2

"땡~ 그랑 땡그랑 땡~   땡~ 그랑 땡그랑 땡~"

소리가 들리자 가만히 눈을 뜨고 고개를 들었다. 시작하기 전에는 각자 기도하고, 마음을 열고 회개하고, 조용히 찬송을 음미하거나 성경 구절을 읽어보는 것이 불문율이었다. 이런 종소리가 나면 이제 시작한다는 신호로 받아들여, 정리를 하여야 하는 것이다.

주위를 둘러보니 아직도 눈을 뜨지 못하고 고개를 들지 못한 사람들도 보였다. 아직도 시작할 준비가 되지 않았나보다.

'그러면 그렇지, 아직도 준비가 안 되었다면 마음을 다스리면 되지!'

엄숙한 분위기에서 혼자말로 내뱉었다. 내가 회개하며 하고 싶은 기도가 있었다면, 아니 아직도 진행형이라면 그저 조금이라도 더 기도하고 간절한 고백을 하면 되지 않겠는가.

'나는 기도가 무엇인지, 하고 싶은 말을 어떻게 해야 될지도 모른다. 나는 시작 전에 기도하자고 하면 단 한 마디면 충

분한데, 다른 사람들은 어떻게 하는 기도인지 또는 어떤 것을 바라는 서원인지도 모르겠다.'

나는 속으로만 중얼중얼 계속하였다. 시작하는 시각인데 기도하는 사람에게 핀잔을 주는 것이 아니라, 내가 너무나 한심하다고 생각되어 큰 소리를 낼 수 없었다.

"새벽부터~ 오는 눈이~ 무~릎~ 까지~~"

깜짝 놀라 무심결에 핸드폰을 찾았다. 그러나 내 핸드폰에서는 소리가 나지 않았다.

'흐유~ 다행이다.'

"~ 안 오는 건지~ 못 오는 건지~~"

누군가 다시 뒤척이다가 소리가 멈춘 것처럼 들렸지만 계속하여 이어졌다. 한창 유행이라는 '안동역'이 영 마뜩치 않은 가사다. 안동은 산골 첩첩에서 살았던 양반들이 유세를 하던 곳이었는데 왜 그런 산골에서 유행하고도 남았을까?

안동 김씨가 누리던 세력, 안동 권씨가 휘두르던 세력을 견디지 못해 지금도 눈이 오는 여름이라서 유명한 것인지도 모르겠다. 여인이 원한을 품는다면 오뉴월 땡볕에 서리가 내린다는 말처럼 시퍼런 세월이었나 보다. 사대부 자제라면 무작정 기다리는 연인을 잊지 못하여 저리 헤맬 것인지 짐작도 못하고 있다.

'그래봐야지! 지 혼자 목메어 울고불고 기다리겠지...'
'ㅋㅋㅋ 첫눈이 내리면 만나자고 약속한 연인을 기다린다
나! 이혼기념 여행이라도 가자는 것이란다나!'
성희가 보낸 텔레파시는 연애감정을 되짚어보는 옛날 얘
기를 공유하자는 것처럼 들렸다.
'너도 연애 해봤어?'
'...'
'나는 연애 감정이 없어!'
'그래 그래! 교회에 온 사람이라면 연애하는 목적이 아니니
연애 감정을 부여안고 예배할 수는 없지!'
'암~~ 물어 보면 쪼다!'
내 말을 들은 성희는 다른 얘기로 한 눈을 팔지 않았다. 그
것이 서로 눈빛만 나누어도 통하는 사람이었다. 이른바 교감
이요 '미투'라는 무언의 공감이었다.

"야! 김여사야! 진짜 재미있더라!"
"무슨 말씀이신지요? 나는 김성희다!"
"으이고~~ 기지배, 나는 구영자다 입니다!"

"ㅎㅎㅎ 나도 재미있다!"

성희는 두 말 할 것을 찾지 못해서 적당한 단어를 생략해도 말이 통한다. 정말 거시기 하던 말이 있는데 한술 더 떠서 그런데 거시기 하면 그냥 알아먹었다. 그런 사이에서 더 말 필요가 없어서 재미없게 살아온 처지였다. 말이라는 것은 목소리를 더하고 과장하여 보태면 재미있고, 뜸을 들이면 솔깃하여 긴장하고 빨리 하라고 재촉하는 것이 당연하다.

"그래서, 안동의 권세를 천리나 되는 여기까지 순식간에 동시다발로 가져오는 기술이 참으로 대단하구나!"

성희가 한 말이었다.

"그것도 여름 삼복에 눈 내리는 안동을 자지러지게 넘어가는 고개라니 참으로 신통망통하고... 고맙습니다. 권세 가진 조상님!"

"내 말이~~"

성희의 말이 맞은 것은 확실하였다. 여름 더위에 에어컨을 켰으니 눈이 오고, 더운 사람들이 눈을 맞으며 온 몸을 식힌다니 참으로 대단한 이치다. 국가적 절약을 위하여 에어컨을 조금만 틀어주면 된다는 사대부의 정신이라고 할 것이다. 그것도 눈이 내리는 현실을 중계 방송하는 라이브로. 예배당에 모인 모든 사람들의 등골에 서리가 내렸을 것이다.

"구영자님은 등골에 서리가 곧추섰나?"

"아니, 그 정도는 아니고 닭털이 벌떡 쭈뼛 선 정도였어."

"그래, 정말 안동에서는 여름에 얼음을 배급받아 먹는 사람이 살던 곳이었다더라. 물론 사대부가 제일이고, 공무원이 다음이고, 말단 농사꾼 백성들은 지나다가 얼음물이 흘러내리는 찬물의 기분만 받아도 호강이지!"

"김성희님이 판결을 내봐라."

옛날 엄동설한에 얼음을 깨서 저장하던 일이 있었다. 그때 고생하는 사람은 백성이고 그 얼음을 가져다 시원하게 냉차를 마시는 사람은 바로 양반이었다. 나는 그런 불공평한 세상이 민주주의가 아니라는 주장이었다.

"너희는 얼음을 배급받고 닭털이 곧추 선 형상인데, 왜 우리는 땀범벅을 뒤집어쓰고 손등으로 훔쳐내야 되는 푸대접이냐고?"

"미투!"

"그래, 내 생각도 미투 더하기 따블이다. 선비가 장원급제하고 고관이 되었다나~ 그러다가 올챙이적 추억을 복기해보았다나~ 떵떵 두드리다가 뉘우쳐 정좌하고 정색하였다나~"

역시 성희 생각은 명료하였다. 요즘 바쁜 세상에 속전속결이 정답이다. 게다가 두고두고 후회하지 않는 판결을 내리니까 두말 할 필요가 없다는 생각이 든다.

"구레잇!"

나도 간단명료한 대답을 하였다.

"그런데 헐벗은 백성을 위한다면서 허세를 부리는데다가 고관은 기생을 끼면서 건전한 음유라니 허울 좋은 단어이며 위선이다. 그치?"

성희는 자기가 생각해보아도 양반이라는 위인들이 못마땅하였나보다.

"남녀7세부동석이라면서 다 큰 기생을 껴안은 남정내는 귀신인가? 다른 사람 눈에는 안 보이는 귀신이지만 내 눈에만 보이면 흡족한 사내라는, 완전무결 흠 없는 선비라고 구시렁거렸겠지!"

나도 같은 심정에 동조하여 양반이라는 위인을 같이 평가하고 싶어서 한 말이었다.

"호호호~ 남아일언중천금이라나 남아일실중천금이라나!"

"나도 이하동문!"

"이게 정답이다. 미투리가 아니라 미투니까 미투다."

역시 현명한 성희가 범생이었다는 증거다.

"지들은 위엄 짓고 시원한 정자에 모여 희롱하는 대신, 교회에는 가지 말라고 명령을 내렸다니... 쯔쯔쯧"

내가 다시 말을 하면서 대화를 이어가고 싶었다.

"그래서 그때부터 연애하는 곳이 교회라는 닉네임이 붙었겠다?"

조금은 서운하고 마음에 차지 않았던 성희 말이었다.

"그럼 연애하지 말고, 얌전히 예배 보면 좋겠다고 간청해도 그뿐이라고 내팽겨 버리지 말고, 다른 방법을 찾아봤줬어야 좋잖아!"

나도 예전부터 알아두었던 물이 생각났다. 먹는 물 버릴 물 그리고 거시기한 물까지. 성희가 거론한 어름은 오로지 더위를 씻어주는 어름뿐 만이 아니라 물이 얼어 얼음이 되는 얼음도 동반 추천한 말이 분명하다.

남녀 연애하는 시간에 찬물을 끼얹으면 열이 식을 것이다. 둘을 떨어뜨려놓으면 열이 식어서 그만일 것이다. 체면 불구하고 좋아하던 개가 한창 붙어 있으면 물을 뿌려도 같이 몰려다닌다. 그러다가 찬물을 된통 냅다 뒤집어쓰면 엉겁결에 떨어진다. 열이 식어서 그런다는 말이다. 아니다. 개네들은 남녀상열지사가 없이 그저 종족을 보전하려는 생각뿐이었다. 그것도 난자가 나오기를 기다리다가 조금 걸렸다는 이론이다. 그런데 남녀가 아예 만나지 않았다면... 만났다하더라도 볼 수 없어서 못 보았다면 이미 해결되었을 것이다.

"지가 한 번 실수하였다면 중천금처럼 값을 치르겠다고 중 언부언하면서, 시간만 나면 기생을 껴안고 한시 공부라니~. 그러면 교회에 가면 연애를 하는 것이 예정된 수순에 따라 착 착 진행되는 거야! 정말!"

"ㅋㅋㅋ 원어민교사라는 핑계로 아예 중국 출신 양귀비를 껴안고 한시 공부하는 것이 낫겠지! 그것은 이미 자기가 예 행연습을 해본 경험에 따라 어린 것도 같이 붙여두지 말라고 당부한 증거다!"

나도 명확하고 언제든지 떳떳한 처신을 신봉하는 사람이 라고 강조하였다.

"영자야! 그러니 내말이! 아예 사전 예방 교육은 물론이 며 절대로 붙어 다니지 말라고 구조를 만들었다면 그만일 거 야!"

정말, 성희도 나처럼 정확한 사람이라고 부언하며 증명해 주었다.

"우리 고향에서도 그런 일이 있었잖아!"

마치 내가 알고 있는 것은 모두 다 알고 있다는 것처럼 재 차 확인해주었다.

"그럼! 서로 얼굴을 쳐다보지 말라고, 떨어져 앉으라고 시키지 않아도 어쩔 수 없이 얼굴을 그리워만 하지 말고, 편히 예배 좀 하자는 차원에서 신성한 교회를 지었다고 하더라."

나는 성희의 얼굴을 빤히 쳐다보면서 이번에도 지지 않는다는 것을 증명해주고 싶었다.

"알면서~ 모른 척 남 이야기 하듯... "

"성희야! 말해도 다 안다고? 신성한 교회가 두 곳에 남아있다고 해서 여러 차례나 방문해보았거든! 너도 가 봤어?"

"영자씨! 아니, 나는 바로 객지로 떴었지."

"야야!! 기지배. 바로 객지라니? 초등학교부터 대학까지 같은 학교로 붙어 다녔었는데 바로 객지? 아예 호적을 아니 그것도 부족하니 전적을 파내라."

"그러면 그럴까?"

역시 성희는 삶을 돌아보면서 완급을 조절하는, 인생의 길을 가늠하듯 서두르지 않는 사람이다.

"으이고 등신! 그러나 바로 객지라 했으니 객사와 비슷한 그런 단어를 절대로 쓰지 마라."

"그렇지? 좋지 않은 단어는 그만 사절!"

"사절도 좋지 않은 단어잖아? 몰라?"

"알았다. 7세남녀 부동석교회? 둘이 마주하지 말라고 건물 두 동을 지을 때부터 설계하면서 구조변경이요 급조라고 본다."

역시 성희가 해설을 곁들였다.

"아니, 처음부터 두 동을 지을 전에 이미 예행 연습한 결과 굽어진 구조 건물을 선택했다는 것이 맞다."

"완고한 유학시절의 유습에 맞서 이겨야 할 방법을 찾다보니 가옥 구조가 불가사스러운 건물이었었지."

김여사가 현명한 장부다운 어휘를 만들어 사용했다.

"그런데 지금도 교회에 가면 연애를 연습하라는 듯 비아냥대니... 정말 배가 아파진다."

항상 종소리를 들으면 연애하러 가자는 듯한, 빗나간 심술보가 찾아와서 옛 구태 타령을 따라나섰다는 말을 하고 싶었던 것이다.

"영자야! 우리도 교회 가서 연애 좀 해보자!"

"무슨 연애?"

"어떤 연애가 맞는 말이지?"

"그러게. 정말 교회를 두고 저급한 의미가 아니라면 바로 연애하고 사랑하는 것이 최우선이니 맞는 말이다."

"그런데 무엇이라고 따지지 말고 그냥 기본 양심을 가지면서 아가페 연애를 해보면 정답이겠지?"

"아무튼 말도 말고 무조건 연애라 해라. 이미 졸업한 정도라서 조용히 연애나 하라는 말이다."

내가 말을 막고 싶었다. 성희도 역시 힘들게 산에 올랐지만 하산할 경지에 도달했다는 것이 확실하다.

"다시 꺼내봐!"

성희가 또 말을 걸었다.

"슬프다. 교회에 가면 빵도 주고 공책도 주고..."

나도 옛 기억을 반복하면서 잊지 않고 회생하였다.

"그랬지, 그것도 매 주마다 주는 상황이 아니라서 어쩌다가 한 번 혹시 기념이라도 만나면 횡재였지..."

교회에 가는 사람들이 연보를 내야 되는데 아이들에게는 큰 금액이었지만, 실제 계량적으로는 매우 적은 금액이었다. 그래서 매 주 지급할 형편이 없었을 것이다.

"그런데 그저 먹는 재미로 가는 아이들을 거지 취급하면서 놀리는 것이 슬픈 타박이었다."

내가 들었던 기억이 바로 슬픈 추억이었고 충격이었다.

"거지라서 달라면 보태주라고 추근추근 접근하는 성인이지! 아이들은 그냥 주면 먹고 안 주면 침만 삼키고 돌아가는데 왜 이렇게 쓰라린 거지 취급이라니..."

성희도 너무 상심되어 슬픈 미소를 지었다. 너무 기쁜 나머지 우는 사람이 바로 진실된 마음을 전달하는 사람일 것이다. 그러나 슬픈 미소를 짓는 것은 쓸쓸한 뒷모습 판박이다.

"나는 밥을 먹고 교회 갔어. 그런데 밥을 먹고 오지 않은 아이들에게 건네줄 간식이 없었다."

그래도 그 당시 배가 곯지 않은 감사를 깨우친 내가 조심스럽게 말문을 뗀 것이다.

"간식? 굶은 사람에게는 그것이 바로 주식이다!"

성희도 간간이 굶으면서 살아온 세상이니 간식과 주식을 구분할 형편이 되었다는 생각이 든다. 어려운 형편 입장에서는 간식이 바로 끼니가 되며, 주식은 잔칫날에나 차려진 진수성찬과도 같다.

"그래도 한두 명분의 간식이라면 준비해줄 형편도 되겠지만 많은 아이들에게 배급할 수는 없겠지!."

성희가 한 말이었다.

"유구무언!"

"그래, 영자가 부모님 몰래 준비하는 간식도 아니니 부모님이 차려주신 간식일 것이다. 그러면 부모님의 허락을 받아 아이들 상처를 받지 않도록 기술적으로 배려하는 아주 어려운 일이라서..."

"나는 말도 전혀 내비치지 않았다. 거지가 간식 먹으려고 교회 왔다고 놀리는 말을 들으면서 어찌해야 할지도 몰랐었다."

나는 동급생에게 같이 나누어 먹고 싶었는데 함부로 말하지도 못했다. 혹시 아픈 마음을 상하게 만들까봐 걱정이 되었었다.

"네가 잘못한 것도 없고 네가 선동한 것도 없으니 너무 서운하게 생각은 마라!"

성희가 내 맘을 알고 있듯 위로를 하였다.

"그래! 간식 먹으려고 교회에 갔다고 치자! 그렇다고 거지냐? 아이들은 순진한 마음으로 먹고 싶어서 가는 거다."

"그렇지. 아이라도 거지라면 자존심이 있는데... 더구나 아이들이 가장 싫어하는, 자부심마저 꺾어놓는 말일 거다."

"그래, 어른들은 자신의 자존심을 깊은 속에 덮어두면서 아이들을 생각하면 거지라고 자처하고 그저 많이 얻어먹는 것이 최선일 것이고..."

그저 고맙고 배려하는 것이 교회의 전당이다. 짝사랑하는 하나님이 주인이시고 객인 교인들이 마치 서열을 따지고 완장을 나눠 차면서 앞줄에 서는 착각 속에서 살아가고 있는 현실이 안타깝다.

"그러게. 교회가 연애 상담소냐고~ 연애 실습실이냐고? 그것보다는 학교가 연애를 공개하는 실습실이라고 고쳐 불러야 합당하지 않을까?"

학교를 깎아내리면서 말도 안되는 연애 실습실이라니!"

3

"딩동댕띵땡!"

전국노래자랑에서 합격을 알려주는 차임벨이었다. 그것도 순간적으로 튀어나오는 성희의 목소리 벨이다.

"교회에서 만나는 시간은 1시간. 일주일에 기껏 해봤자 1시간인데 연애할 틈이 어디 있어?"

"학교는 일주일에 6번, 그리고 하루 최소한 4시간씩 이상을 공부해야 하니 바쁘겠지만 연애하기는 충분하겠다! 그것도 못마땅해지자 주5일제로..."

성희의 말이 그럴듯했다. 굳이 변명이라고 하더라도 핑계보다 정확하였다. 내 생각에도 공감하였다. 혹시 학교에 보내지 않겠다면 개인 교사를 들여서 일대일 단독 학교를 차리면 되겠다는 생각이었다.

"그런데 그 틈에도 공부와 연애를 병행했다면 정말 선수겠다!"

"아니, 천재! 만능! 전문가! 프로! 탤런트?"

내가 수긍하는 말에 성희가 타이밍을 맞춰주었다.

누구든지 연애를 하고 싶을 것이다. 혹시 어른의 경험을 빗대 교회에서 애들이 연애할 것이라는 짐작이 들어 염려했을 수도 있다. 그러나 어린 애들은 연애를 절제해도 그만 멈추는 시간이 되었다는 것을 파악하지 못하는 나이일 것이다.

"요즘 아이들은 공부를 잘 하지만 연애도 잘 해."

내가 다시 타이밍을 빼앗았다.

"그래, 아이들이 뽀뽀하면 초보 연애 아닌가?"

성희가 맞장구를 쳤다.

"그런데 싫어하는 아이들이 만나면 뽀뽀하지도 않는다! 이것이 바로 능숙한 연애다!"

손녀손자가 뽀뽀를 해주지 않을 때가 많아서 공통적으로 느낀 감정이었다. 어떤 때는 하고 어떤 때는 강력하게 거부하고. 이것이 바로 순수하고 솔직한 감정을 표현하는 아이였을 것이다.

"그러면 어른이 뽀뽀하면 연애가 아니냐?"

또 꼬리 잇기를 한 것이다.

"야야~ 어른 주재에 애들 본 김에 연애를 하자고?"

나는 어른이 하는 연애와 아이들이 하는 뽀뽀가 같으냐 다
르냐고 묻고 싶었다. 어른의 감정을 숨기면 위선이라는 주장
이었다.

"미안하다. 어른이 애들 핑계로 연습하는지 복습인지도 모
르겠다고 한 말이 잘 못나왔네."

"기지배야, 답이 바로 나왔다. 어른 연애는 키스다. 딥키
스!"

"그럼 뽀뽀는?"

성희가 내 마음을 떠보려고 수작을 걸었다.

"으이고~ 키스하기 전에 상대의 감정을 엿보려는 탐색전
이다. 됐나?"

나도 모르는 척 다시 말을 던졌다. 그렇다면 어른들은 연애
는 단순한 연애일 뿐, 하고 싶은 일이라 하더라도 해서는 안
되는 상황을 파악하는 차이일 뿐이다.

"나는 키스를 해본 적이 없다."

성희가 단호하게 말을 하였다.

"미투! 나는 뽀뽀도 해본 적이 없다."

" "
 …

" "
 …

한동안 아무 말도 하지 않았다. 아련한 추억을 되돌려도 필름이 돌아가지 않았다. 아마도 떠오르는 추억을 억제하며 철저히 지워버렸는지도 모르겠다.

"최소한 내 기억으로는 그렇지..."

내가 말을 이었다. 교회는 바로 사랑이다. 누구든지 항상 사랑하라는 성경이 기본이다. 원수라 하더라도, 같이 할 수 없는 사람이라 하더라도, 같이 죽을 수 있는 사람이라면 바로 사랑이라고 주장하는 종소리의 모토다.

원수라 하더라도 일곱 번씩 일흔 번이라도 용서하고 사랑하라는 말씀을 가르쳤다. 잘못했다고 회개하고 중언부언하더라도 혹시 잘못한 것이 기억난다면, 다시 가서 그 사람과 화해하고 용서한 후에 와서 기도하며 축복해야 한다는 말이다. 그러니 바로 종교의 모토가 사랑인 것이다.

어린 아이들은 연애나 사랑이 무엇인지 모르다가, 바로 성행위로 연결 짓는 것이 옳은지 그른지도 모르고 자란다. 그것은 적시에 교육하고 가르치는 기회를 만들어 제공하는 것이 올바른 순리이다. 어린 철부지 연애 타령은 누가 무슨 변명할 것인가. 교회 안에서 서열을 중시하는 교인들이, 그것도 종교적 생사면탈권을 집행하는 직분 가진 높으신 분이 저질러 놓은 바로 내로남불도 가면이다.

'교회에서 연애했다고 일곱 번씩 일흔 번이라도 요구하는 것이 되면 아가페 사랑을 받을 자격이 있는 사람인가? 하나님이 죽을 죄를 용서하시고 사랑하시는데, 바로 잊고 돌아서서 그저 내가 받고 싶은 사랑만 요구하는 것이 진정 사람인가?'

내가 혼잣말을 중얼거렸다.

"김성희! 투 텔미! 네가 정녕 연애를 모른다고?"

둘이 만나서 궁금하다며 말을 걸었다.

"ㅎㅎㅎ. 그럼 그렇지!"

"그럼, 비밀을 모른 척 한다? 고상한 무슨 일이라고 말할 수 있겠어?"

내가 동감하면서도 아닌 척하며 빗대는 말을 보냈다.

"전자는 그렇지, 그러나 후자는 무엇이라 설명하며 설득시켜줄 수는 없어. 자기가 터득해봐야 비로소 아는 거지."

"기지배~ 요즘 눈만 뜨면 보는 것이 연애 소제고 눈만 감아도 연애 주제가 왔다리갔다리 하더라."

"글쎄! 음~~ 너도 안다고? 무슨 설명이 필요해? 영화를 보는 것도 아니고 상상하는 것도 아닌데 세상에 잔뜩 도배를 해놓았으니 일상이겠지."

성희의 말을 곰곰 생각해보면 정말 더 이상 설명이 필요 없고, 더더욱 특별한 시간을 내고 게다가 돈 들여가면서 보는 비디오가 필요 없는 세상이 되었다. 한 마디로 요지경이라는 말과 직통으로 통했다.

"야, 나는 초등학교 때 고향에서 연애를 해보지 않아서 잘 모르겠다."

내가 말을 꺼내고 수작을 걸었다.

"그럼 그렇지! 연애를 해보자고 덤비면 그럴만한지 상대를 정하고, 무슨 말을 할 것인지 작전을 준비한 후, 달달 외고 일사천리로 쏟아내면 될 텐데~ 공부를 한다고 하더니 연애를 못해봤다고?"

성희는 과연 치밀한 작전의 달인임이 틀림없다.

"아니, 공부는 지가 잘해놓고. 나는 공부한다고 말한 적도 한 번도 없다!"

"얼굴이 반반해서 남자 애들이 좋아했잖아?"

"그럼~ 얼굴이 그렇고 옷도 그렇고... 깔끔하고 스마트했더라면 금상첨화지!"

"아니~ 그게 다는 아니야. 공부를 잘하고 노래를 잘 부르면 인기 짱이다!"

성희의 작전이 이제 본격적인 단계라고 보인다. 그냥 되는

대로 임기응변을 맞추면 수완이지만 순서대로 실행한다면 원하는 계획이 달성된다는 논리였다.

"ㅋㅋㅋ. 춤이라도 잘 추면 왔다지! 거기다가 집안이 부자라면 풍요로운 삶의 대리만족 모범일 것이고. 흐유~"

나는 초등학교 학생들도 연애를 하다가 대리 만족이라도 찾아보자는 심산이었을 것이라는 생각이 들었다.

"아니야, 말할 때마다 상스러운 소리가 나오면 젠장이다."

역시 날카로운 예리함이 들어있는 성희가 말을 이었다.

"상사스러운 소리는 창이나 가극의 진수인 시조이니 좋은데~"

"그래? 미안하다. 상서로운 소리는 좋은 것이 진수라고 했잖아! 아니 진수라고 니가 했는데 나도 진수라는 단어를 사용하려다보니... 쏠소리! 미안~"

분위기메이커였던 성희가 쉬운 단어와 어려운 단어를 섞어가면서 적절이 조정하였다. 자기의 잘못을 인정하는 자세와 상대의 칭찬거리를 찾아내는 연구가 뒤따르는 사람이었다.

"쏠소리?"

나는 처음 듣는 소리라서 무슨 말인지 물어보았다. 영어도 아니고 중국어도 아니고... 짐작되기는 하지만 사전에서도 처음 듣는 단어였다.

"쏘리 쏘리라고 반복하는 말이다. 아니면 줄여서 '쏘리 투'라고 대답하는 소리라는 말도 된다."

듣고 보니 즐겁고 유익하며 진취적인 매너를 품고 있었다.

"으이고~ 신조어를 창조하는 메이커, 한 가지 의미가 아니라 떠블로 한 번에 두 가지의 다른 뜻이 있다는 것이네..."

내가 맞짱구를 쳤다.

"그럼! 일타두피. 보너스면 일타삼피, 대박이면 단타에 그라운드 홈런!"

역시 재미있는 친구라는 생각이 새삼스럽다. 그러나 언제든지 오해하지 않고 포용하여 넘겨 마무리하는 기집애라는 말이 확실해졌다.

"정말로 그라운드 홈런이라면 이것이야말로 홈런 신기록이다. 기네스다. 아니 토픽 중에서도 톱탑."

나도 거들고 싶어서 말을 이었다.

"혹시 니가 토픽에 올랐단 말이냐?"

성희가 되묻고 꼬리를 잡아 흔들었다.

"나는 아니고 니가 유명했었으니까, 그랬을 것이라고~ 짐작되어 듣고 싶었다. 됐냐?"

"그건 그렇지. 하지만 초등학교 때는 그저 그것이 그거지. 인생이 그것대로 죽~~ 이어가더냐?"

"정말, 나도 그런 생각이 든다고 생각해. 물론 초등학교 때에도 홈런을 치는 여자 애가 있어서 내가 주눅이 들었어."

생각해보니 나도 성희만큼 유명하고, 남자 아이들에게 선망의 대상이 되고 싶었다는 추억이 떠올랐다. 그런데 왜 성희한테는 기를 펴지 못하고 살아왔을까? 2인자에 만족했어야 했을까? 지금도 해답불가다.

"그렇지? 그러면 머슴아가 어떻게 달려들었냐고!"

아닌 척하며 성희가 다시 엉뚱한 말을 물었다.

"잘 모르겠다. 관심이 없어서... 지금은 기억도 없다. 고무줄 끊어버리는 것은 다반사니 나에게 관심을 유발시키는 것도 아니고..."

초등학교 때에는 관심 있는 사내들이 달려왔다가 우르르 사방으로 흩어졌다. 그 순간 고무줄이 끊어졌다 싶었는데 분명히 머슴아들이 일부러 끊어놓고 도망가고 말았다. 여자애들에 대한 기대와 소망을 품었다가, 만나면 골탕을 먹이는 것이 관심을 유도하는 행동일 뿐이었다. 이것이 아이들의 연애 탐색전이었다.

"그럼 그렇지. 그 당시는 먹고 사는 것이 가장 큰 문제라니 배급받는 옥수수빵이나 분유가루를 찾는 외에 방법이 없었지!"

다시 성희가 거들면서 이어갔다. 그러다 어느새 새로운 신상이 나타나서 오늘 지급한 것은 반드시 먹고 돌아가라는 배급이 숨은 진리였다.

"그래. 그 때 나는 먹는 것이 둘째 목표였다. 내가 많이 먹겠다는 쟁탈전이 없었고, 오로지 공부 좀 잘 해보자는 지상 목표였었다."

나는 먹는 것이 가장 급한 문제라고 걱정할 일도 없었다. 먹을 만큼은 충분히 있었는지 모르지만 부모님의 덕분에 먹을 고민은 면했었다. 그러나 이것을 놓고 자랑하거나, 아이들을 불러놓고 먹는 것을 보여주거나, 조금만 먹어도 맛있는 것이라고 변죽을 건드리지도 않았다.

"공부? 공부가 전부냐?"

성희가 공부를 잘 했었는데 공부가 인생의 전부라고는 여기지 않았다는 말이다.

"아니! 네가 공부가 전부 아니다면서 왜 이리 공부를 잘 하고 있었는지 몰라. 최소한 너를 목표로 아니 벗어나서 니 앞에 서고 싶어서 그랬잖아."

공부 잘하는 성희를 만나면 나도 배가 아파지거나 심술이나는 것만은 아니었다. 다만 내 자신이 생각해보아도 한심하여 반드시 아니 한두 번이라도 이기고 싶었다.

"호호호. 그랬어? 그게 지상 목표였다고?"

"그깟! 죽고 사는 것도 아닌데... 나도 몰라!"

"나는 영자 네가 부럽고 샘이 나서 목표를 삼았었지! 무인 유죄 유인무죄가 대세잖아."

"무전유죄 유전무죄! 성희가 이런 말을 목표로 삼았다니..."

"영자씨! 무슨 머시기라?"

"그것을 몰라? 가정이 부유하면 그만이지! 정말 몰라? 부자면 만사 장땡이라고~"

"그런 것은 나도 안다. 유전무죄 무전유죄. 역시 앞뒤로 뒤섞여 사용해도 말이 되고 뜻이 되고 모두가 인정하는구나! 최소한 이해는 한다. 그래도 그것이, 죽을 때 짊어지고 가는 것은 아니라는 말도 있잖아!"

"그래~~ 정말 사람이 사는 것이 무엇인지 모르겠다. 학생 때 공부도 전부가 아니라면서, 살면서 자녀를 가르칠 때 부자로 산다는 것이 전부는 아니다 하고..."

성희의 말을 들어본 내가 토를 달면서 시비를 가리자는 말이 아니었다. 그냥 들어도 이미 다 아는 말이며, 언제쯤은 알면서 모르는 척 하든지 모르면서 아는 척 하고 거드는 것이 정답이었다.

그것이 바로 인생의 목표뿐이겠느냐. 연애도 전부를 해결하지 못하는 것은 물론 인생사 주제에 끼지 못하는 것이라는 실감이 들었다.

"그래, 알다가도 모를 거야."

듣다보니 철학을 설명하는지, 부자가 되지 못한 것을 핑계대는지, 공부 잘하지 못한 것이 한이었는지, 내 말은 공부하면서 매번 1등이었다고 하더라도 인생이 그것이 전부는 아니었다는 자조감이 들었다.

"그런데 니가 지금 굶고 있다고? 다시 공부해야 사람 노릇을 할 수 있다고?"

나는 무슨 말이든지 듣고 싶어서 말을 이었다. 화제를 급선회하고 싶었다. 지금 점심 먹을 시간을 지난 지 벌써 오래였다.

"아무렴, 벌써 시간이..."

성희가 동조하였다.

"그러면 어디로 갈까?"

내가 제안을 냈다.

"그냥 가까운 데로..."

성희는 상대를 배려하다가 그냥 편한 데로 정하자는 말이었다.

매일 만나는 형편이 아니기 때문에 두 사이에 말이 그치지 않았다. 그저 심심풀이 이야기하면서 옛정을 쌓아가고 있었다.

"기지배야, 말이 많으니 힘이 떨어지고 배도 고프다."

나는 사실 고기라도 먹고 싶다는 의도를 내비쳤다. 물론 성희의 식성도 잘 아는 사이니 별로 까다로운 메뉴를 선택하는 것이 문제는 아니었다.

"그럼 저기로 가자."

성희가 가까운 데로 가자고 제안하였지만, 내가 가자고 하는 말은 좀 멀어도 가자는 제안이었다. 그것도 그냥 딴소리하지 말고 가자는 말로...

"숲이 있는 카페! 음악이 있는 카페!"

"그럼 생방송?"

"그래, 카페지기가 불러주는 곳. 그 이름도 하늘숲에 정완창"

"그럼 됐네!"

성희는 자기를 위주로 정하는 일이 아니니 내가 말하면 그저 좋다는 의도였다. 아주 편한 사람이다.

"그렇지! 좋다는 것이 좋은 것이다."

4

새로 개업한지가 아직 오래되지 않아서 소문이 나지 않았는지 북새통은 아니었다.

"대장은?"

카페에 들어가서 먼저 찾았다. 개업한 주인이 바로 초등학교 동창인데 보이지 않았다. 대처에서 영업을 하다가 이순이 넘자 이제 고향을 찾아 귀향을 고려중이라고는 들었었다.

대처에서는 이것저것 체면을 세워준다고 찾아오는 곳도 아니었지만, 그래도 가끔 들르고 지나갈 김에 들러 안부를 전하기도 하는 것이 '추억 쌓기'였다. 그러나 고향에 와서는 처음 만나볼 기회를 잡고 싶었다.

"사장님은 교회 가셔서 늦는다고 하셨습니다."

"아참~ 그렇구나!"

내가 생각해봐도 늦을 거라는 말이 확실해졌다. 내 미스였다.

"우선 주문을 해야지?"

성희가 뭔지 먹고 싶은 것이 있는지 물었다.

"오늘은 그냥 맡겨."

내가 주문하는 것은 나를 믿으라고 말했다. 그러나 항상 모든 것을 나를 믿으라는 말은 아니었다.

"구여사! 뭘 맡겨~"

"어이~ 오늘 무얼 먹이고 싶은데?"

종업원을 바라보면서 주문하였다. 꼭 집어서 주문을 하는 대신 네 마음대로 맛있는 것을 만들어보라는 말이었다.

"정확하게 말씀해주시면 맛있게 올려드리겠습니다."

"어이~ 그것이 정답이 아니다."

"예?"

종업원은 나의 마음을 알지 못했다. 그저 종업원 임무는 시키는 대로 요리하겠다는 진리였을 것이다.

"니가 셰프냐? 셰프 보조냐? 정성껏 만들어도 내가 먹기에는 항상 대장 셰프가 낫잖아?"

"물론 그러시겠지요!"

"먹은 음식이 달랐다고 치더라도 재료와 소스가 비슷해야 그냥 비교나 되지! 그것도 식성에 따라 맛은 최고와 최저가 나온다."

성희도 이심전심 동감인가보다. 같은 고향과 같은 처지에 가난한 사람들이 겨우 물만 먹어도 배부르다는 맛은 그저 먹을 수 있다는 것이 바로 꿀맛일 것이다.

"오늘 준비한 최선의 재료와 니가 가장 자신 있는 음식을 만들어보라는 주문이다. 됐지?"

"그것이야말로 최선이지요!"

종업원은 기쁜 마음을 감추지 못했다.

"그럼 됐나? 3인분으로..."

"예! 1인분은 포장해드릴까요?"

"야야~ 그냥 해."

"구여사! 많이 먹어? 배고파서?"

성희도 두 명이 와서 왜 3인분을 주문하느냐고 물었다.

"아니, 셰프 보조가 먹어야지..."

내가 대답을 하였다.

"맞다! 같이 먹자."

"안 먹겠다면 강제로..."

"들었지? 야! 이런 때 배려가 필요한 순간이다."

성희가 말했지만 내가 다시 생각해보아도 말도 멋있다. 내가 직설적이고 투박한 말을 하였어도 상대를 가려가면서 추켜주었다.

"그래서, 언제 어디서 누구를 어떻게 접근했다고?"

성희가 음식이 준비되는 동안 잡담하면서 시간을 보내자는 심산이었나 보다.

"하아하~ 옴~"

나는 과거를 끄집어 낼 것이 없다고, 할 일이 없다고, 하품을 대신하여 이를 다물은 소리를 내었다.

"역시! 알만하다! 정완창이가 너를 꼬였다고~ 완창이를 꼬였다고?"

그러나 성희는 한 치의 여유도 허용하지 않고 즉각 보탰다.

"아닙니다. 내가 꼬이고 꼬여서 넘어 갔다고라?"

나는 성희가 헛발을 밟았다고 해주고 싶었다.

"그렇지. 네가 꼬일 수준의 분수라고는 말하지 않았다!"

"그럼 아니지? 미투. 이젠 니가 헛다리 짚었다."

내가 생각해보니 나는 머슴아들을 보면서 먼저 나서서 설레발을 치지 않았다. 그저 나는 얌전하고 검소하며 근면한 삶의 표본이라고 노력했을 뿐이다. 부모님 슬하에 무남독녀로 귀염을 받았었고, 요구하는 것들을 무조건 충족시켜주셨던 것을 깨달았다.

그런 부모님은 허름하고 헤진 옷을 걸치시고, 새벽부터 밤중까지 뼈 빠지도록 일만 하셨으니, 자연 나도 배우는 자세를 실천하였다. 맹모삼천지교라더니 단 한 차례도 이사하지 않으신 어머니 교훈을 그대로 닮아온 나였다.

"나는 미술을 못하고 아니 그림을 잘 그리지 못해서 체면을 접어뒀고, 노래하는 창도 접어뒀지. 그래서 그냥 보아줄만한 얼굴과 그냥 수수하게 차려입은 옷이라도 남과 비교하면 훨 반반했잖아?"

내가 당시 상황을 회상하는데 줄거리를 간간 곁들였다.

"그래서?"

성희는 연속극의 다음 줄거리가 궁금하다는 듯 관심을 끌었다.

"가끔씩 관심을 두었다는 얘기를 전해 듣곤 했었지!"

"가끔씩 관심을 가졌다면 그 뒤는?"

"물어 무엇 하리오! 그 뒤는 니가 나 보다 더 잘 알고 있잖아?"

나는 말했다. 누구든지 알면서 부언하는 것은 재미가 없고 확실한 것을 다시 설명하는 중언도 흥미가 없다는 투로.

"ㅋㅋㅋ. 나도 알만하다!"

"근데, 나는 예쁜 옷을 골라 입지는 않았어. 가진 것 중에서는 수수한 것만 골랐다! 그 이유는..."

말하고 보니 나는 예쁜 옷이 있었다는 것을 지적하며 자랑하는 것 같아서 약간 머뭇거렸다.

"고맙다. 네 마음을 알 것 같다."

성희는 역시 배려가 넘쳐났다.

"그래! 사실 당시 넉넉하지 못한 형편은 물론 국가적 차원에서도 경제 활동이 한참 빠졌으니... 그것이 바로 비교되면 아이들이 창피하고 체면이 구겨져서, 성장에 거부감과 부정적인 태도가 드러날 까봐 조심했었다."

나도 모르는 사이에 배려를 베푸는 진심이 전달되었다.

"그러니까 영자가 신사임당 후보였잖아?"

"얼어 죽을~ 내가 어떻게 신사임당에 비교되겠냐?"

내가 감히 비교가 되다니 미안하기 짝이 없다. 만약 동떨어진 사이 관계에서 비교가 된다면 얼토당토 되지 못하는 이야기다.

"정말, 조숙했었지."

다 알았다면서 한 마디로 불변 진리를 확인해주었다.

그러나 내가 생각해도 성희는 나보다 전혀 뒤떨어지는 심성이 없다고 생각했다. 빼어난 얼굴과 지혜, 재치, 사리에 맞는 언행과 배려하는 자세까지 정말 나무랄 것이 없었다. 기생 뺨치는 노래와 춤, 즉흥 연설까지.

그런데 그런 여자에게 접근하는 머슴아들이 정말 없었을까! 차이가 현격해서 그랬을까?

"그럼 너는 미숙아라고?"

내가 확실하고 정확하다는 말을 하였다. 그것도 설명하지 않는 반어법으로 던진 것이었다.

"미투!"

성희가 '미투'라는 단어를 또 꺼냈다. 그런데 자신이 미숙아인지 조숙아인지 말을 하지 않으면서도, 내 말에 동의한다는 투로 내뱉었던 것이다. 말하자면 생각하기 나름이라는 의도였다.

"~~ 척 하면?"

내가 여유를 남겨두면서 미련을 버린 다는 가벼운 화제를 선택했다.

"척 하고 툭 한다?"

"얼씨구~ 삼척 먹고 호박 가는구나."

"미투투. 그렇지! 퍽 하면 계란이다."

정말 성희가 생각해도 자신이 조숙한 아이였었다는 사실을 공고한 셈이다. 하긴 또래보다 두 살이나 더 먹었으니 그저 당연한 나이 많은 현실뿐이었다. 나와 둘이 단 짝이 되어 척! 하면 삼척이고, 툭! 하면 호박 떨어지는 소리인데, 퍽! 하면 던져지는 두부소리라고 눈치를 채는 사이로 되었다.

"애들보다 두 살이나 많았으니 대비 조숙아가 맞지."

"그래서 공부도 더 잘해서 조숙아가 맞다고?"

"흥! 공부를 하지 않더라도, 공부 좀 하라고~ 하라고~ 하더라도 못한다고~ 버티지만 자연히 공부 잘 하게 되지."

"내가 천재가 아니었다고?"

"그럼~ 니가 천재는 아니었다."

내가 현실과 미래를 구분하여 잘 알면서 자랐다는 말을 하고 싶었다.

이것은 진실이다. 두 살 더 먹었으니 공부 좀 잘한다고 거짓말로 속여서 꾸민 것이 아니다. 또 천재가 생겼다는 것도 아니다. 같은 나이더라도 1월에 태어난 아이가 12월에 태어난 아이보다 공부 좀 더 잘한다고 말하는 것은 거짓말하는 것도 아니다. 운동선수라 하더라도 11달 먼저 태어나서 예쁘고, 잘 한다고 띄우다가 돈 받고 부정 처리로 좋게 꾸미는 것도 아니다.

"호호호, 나를 천재라고 부르는 소리를 듣고 싶었는데..."

오랜만에 아니 처음으로 성희가 자기를 자화자찬하는 말을 하였다.

"ㅋㅋㅋ 미안하구나. 영재를 천재라고 부르지 못해서..."

"고맙다. 영재라도 좋다!"

"또 미안하구나! 그러면 나도 영재라고..."

"너와 나 사이 쎄임 쎔!"

성희는 복잡하게 구구절절 설명하지 않고 간단히 말했다.

예를 들면 시험 심사가 같은 날 평가될 것이고, 선발전이 같은 날 같은 자리에서 평가전을 치러야 한다. 당연히 손이 큰 아이가 공부를 잘 한다거나 발이 큰 아이가 어떤 시점에서 축구를 잘 한다는 좋은 평가를 받는 것이 당연하고, 지금 더 부족하더라도 미래가 촉망되는 기대주가 되기도 한다. 천재가 아닌 한...

어린이들은 하루와 한 달은 정말 큰 차이다. 게다가 12개월 이미 체격과 체력이 성장하고, 연습을 해본 경험이 축적되었다면 우수한 선수의 존재감이 넘치고도 남는다.

오뉴월 땡볕에 풀을 베어 말리면 하루사이에 무척 다르게 마른다는 말이 진실이다. 건강한 사람이라도 바짝바짝 말라 죽어나갈 지경이니 하루면 기진맥진 되고 만다.

그러고 보니 초등학교 수준의 생활을 겪기 전에 벌써 2년 동안의 실전이 이미 읽힌 경험이었다. 또래들이 물어볼 때는 너희들이 맞상대하는 연애라니, 벌써 식상이었다. 마음만은 이미 졸업한 셈이다. 벌써 하산할 위치라는 말을 하였는데, 이심전심~ 척! 하면 초월하여 이런 저런 말 대신 마스트 끝낸 눈빛이다.

"으이그~ 저런 눈빛! 마스터플랜을 건네는 표정~~"

내가 말했다. 다시 생각해 보아도 이미 다 끝난 상태였다.

이 말 외에 더 이상 설명도 필요 없다. 그럼 조숙한 주제에 풋내기를 부여안고 업어주기라도 했어야 하는데, 했었다면 체면 때문에 그리고 격이 떨어져서 연애상대가 되지 않았을 것이다. 게다가 또 하나 뭔지 말을 섞지 않고 싶은 마음이 도사리고 있었다.

동창이라면서 격이 다르다니 조금 어설프다. 나이가 많다하더라도 사회에서 10살 이내는 친구로 통한다고 하더니만 굳이 패를 나눌 필요가 있겠는가. 그러나 엄연한 나이가 분명하니 그래도 적은 나이에 2살 차이라면 엄청 큰 차이다. 그것도 여성 상위의 연하 사이라면...

"야야~ 기지배가 머슴아에게 아양 부렸던 적이 없었냐?"

혹시 1인자인 성희에게 어떤 짝사랑이 없었는지 반대로 물었으나 그것은 바로 유도심문이었다.

"내가?"

"원~ 내숭을!"

"원숭이가 하는 내숭이라고 말하는 거야? 원숭이가 보는 네 흉이라고 하는 거야? 나와 너를 구분해야지~"

역시 성희는 요구를 물리치는 고단수였다.

"나 말고 너! 네가 의뭉한 짓을 뿌렸잖아?"

나도 한 수 위를 골라야만 상대가 꼼짝하지 못할 거라는 생각이 들었다.

"아니다. 나는 의뭉을 피우지 않았다. 정말로! 대신 어린놈을 어떻게 할 거냐고?"

"정말~ 그럴 꺼야?"

"그래 그래. 인정한다."

성희도 나와 같은 생각을 하였을 것이다. 점잖고 키 크고 덩치도 있으면서 공부도 잘 하는 녀석이면 우선 1차는 합격이었을 것이다. 내 말을 알아듣는 센스, 앉을 자리 설 자리를 구별할 줄 아는 녀석이 미래의 대상자 중 한 명이었을 것이다. 그러나 그저 그때 선출된 후보에 지나지 않았다.

"나도 인정한다."

내가 공감하였다. 살다가 돌아보면 뭔지 모를 추억이 없는 사람이 어디 있겠는가. 누구든지 상황에 따라 선택할 수밖에 없는 최선이 답이다. 그것은 좀 괜찮은 대상자를 찜했던 기억이 살아날 것이다. 그러다가 벌써 잊고 살았다. 추억이라는 것은 뒤집어놓고 꺼내면서 되씹는 것인가 보다.

"그래 생각난다."

불현 듯 떠오른 추억이 생생하게 내 뇌리를 건드렸다.

"오이 잉~"

반갑고 놀랐다는 듯 성희가 말문을 닫지 못했다.

"키가 작은 편인데 달리기를 잘하는 친구였었다."

"오예~ 고재필!"

성희도 이미 알고 있다는 투였다.

"이하 동문! 안 봐도 비디오다."

"아마도 동일인을 염두에 두고 경쟁탈취전을 하듯 공동 전선을 누비고 다녔을 것이다. 라이벌 쟁탈전이라고 할까."

"날렵하고 민첩한 언행이 마음에 들었었다."

"마음에 들었다는... 애 좀 봐! 정말 두말 할 필요도 없이 한말만 하기다."

성희도 공감하는 말을 했다. 사실 민첩하다고 좋았다는 것은 아니지만 임시응변으로 되받아치는 재치가 있어 귀여운 면이 있었다. 고재필은 그런대로 학급에서 할 말 정도는 되어도 적이 아니며, 같은 방향을 바라보는 수준으로 호소력이 있었다. 그러나 엉뚱한 소리로 임시응변으로 둘러대는 녀석은… 그런 것은 이치에 맞는 말을 구사하는 것이 아니라 처음부터 끝까지 지어내는 헛소리로 선동에 지나지 않는다. 하여튼 고재필도 진솔하면서 귀여운 친구에 속한다.

"그나저나 고재필은 잘 살고 있겠지?"

내가 말을 했다.

"야~ 그런데 우리 필드 빨리 나가자."

성희가 다시 화제를 돌려 부풀렸다. 벌써 잊혀진 이름에 매달리지 말라는 돌림말이었다.

"좋지~"

"둘이서만? 더 모아서?"

"우리는 둘이면 충분하고 부족하면 조달해요~"

내 생각으로는 둘이 나가면 충분한데 처음부터 물색할 필요도 없다는 생각이 들었다.

"알았어. 뒷감당은 니가 알아서 해! 오늘 식당과 코스를 니가 마음대로 정한 것처럼 일사천리로..."

이야기를 하는 동안에 음식이 나왔다. 제목도 재료도 따질 일도 없이 그저 먹어주기만 하면 그만인 특별 메뉴다. 물론 최선으로 맛있게 만든 것이라고 믿고. 트집을 찾을 일도 없었다.

"야~ 근사하구나. 먹자!"

성희가 이제 나온 음식을 먹을 참이었다는 듯, 그저 순서대로 차근차근 지키면 된다는 말을 하고 싶었나 보다.

"야~ 너도 빨리 와야지~"

내가 보조 셰프에게 당부했던 말이 기억나서 다시 불렀다.

"예?"

종업원은 별안간 무슨 말이냐고 되물었다.

"빨리 와서 먹으라고..."

내가 주문한 3인분은 바로 불청객과 함께 앉아서 먹어야 하는 분량이었다. 주문자와 공급자가 같이 앉아 먹는 것이 상례일까? 다반사일까? 기상천외의 토픽일까?

"정사장이 오기 전에 빨리 먹어라. 늦게 오면 화낼 거야!"

성희도 거들었다.

"히히히. 내 말을 안 들으면 알지? 니가 맛이 하나도 없게 만들었고, 성의도 없고, 불결하게 만들었으며, 매너도 전혀 지키지 않았다고 대장에게 일러줄 거다!"

종업원이 거부하거나 그저 고분고분 대답하기도 곤란한 주문을 한 결과였다. 나는 그저 고생하는 어린 종업원이 안쓰러워, 사람답게 사는 법을 가르치고 싶은 속셈이었다.

"그런데..."

아직도 종업원의 낯빛이 편하지 않았다. 그러나 나는 종업원을 가르치면서 셰프가 되기 전에 지금쯤은 도와주고 싶은 마음이 굴뚝 같이 일었다.

'그런데, 이 먹는 음식 이름이 뭐냐?'

'모른다고? 나도 몰라!'

나는 성희와 텔레파시가 통했다. 아는 척하고 싶었지만 사실은 준세프가 메뉴 이름을 알려주지 않았다. 아니, 말하고 싶었다고 하더라도 말할 기회조차 얻지 못했으니까...

"물어봐도 될까?"

"아니! 정식으로 물어보자."

"어이~ 주방장 보조! 이름이 뭐냐?"

"예, 제 이름은~~"

"아니! 오늘 먹는 음식 이름이 뭐냐고!"

"예~ 그것은 붕어찜인데요?"

"붕어찜이라~"

"보기에는 구체적으로 좀 거시기하네!"

우리는 처음 보는 붕어찜이었다. 물론 재료는 붕어요 부재료는 듬뿍 들어갔으니 붕어찜은 맞는 이름이었다.

"오늘 들어온 싱싱한 재료들과 제가 알고 있는 주제로 꾸민 음식입니다."

"오~라, 바로 개발한 신상이구나."

"그래! 신개발이 아니라 조금이라도 변경해서 창안한 메뉴로구나."

우리는 칭찬하였다. 처음부터 네가 마음대로 요리조리 해보라고 주문하였으니 가타부타 말을 붙이지 않았어야 정답이었을 것이다.

"아하~ 바로 신메뉴로 등장한 퓨전이로고!"

나는 아이 기를 살리려고 없는 것 있는 것 찾아서 칭찬하고 싶어졌다.

"응~ 그럼 첫 부재료는 무엇인고?"

성희도 거들었다. 아직 잘했다고 잘못 했다고 선뜻 말하기 전에 우선 들어보자는 심산이었다.

"마입니다. 요즘 마가 많이 생산되고요 그 중에서도 귀한 천마가 많이 들어왔습니다."

"그랬구나!~"

나는 지식적인 차원에서 설명하라고 추가로 설명 주문하 지는 않았다.

'천마는 한의원에서 예방약용으로 활용하는...'

다시 종업원에게 그것도 물어보지 않았다. 어린 종업원이 상세한 전문 공부를 전공하였느냐는 물어볼 의도도 없었다.

"그래서 네가 신개발은 안 되더라도 신변경은 되겠지?"

성희도 칭찬하면서 기대와 포부를 키워주자는 생각이었다.

"야, 예비주방장! 내가 생각하기에는 퓨전이 정말 좋은 단 어 같다."

내가 가볍게 말을 던졌다.

"저도 그렇게 생각했습니다."

"예를 들어 마를 약효 목적으로 먹는다면 마약인데, 그것을 먹으면 바로 전국 수배감이지."

위트의 대가 성희가 내 말을 받아쳤다.

"ㅋㅋㅋ. 전국구면 아주 훌륭하신 분이 되시겠지요!"

종업원도 한결 부드러운 말씨를 건넸다. 칭찬을 많이 받다 보니 기분이 들떴는지도 모르겠다. 혹시 말마따나 불쑥 뛰어 간섭하는 성격인지도 모르겠다. 그랬다면 더 이상 말을 섞고 싶지 않은 나의 성격이다. 아마도 말을 한 것처럼 종업원이 마음에 들지 않다고, 종업원의 기본자세라면 바로 교체감 수준이라며 건의하고 남을 것이다.

우리와 어린 종업원을 직접 비교하는 것은 수준 차이가 난다. 물론 사람을 비교하거나 비유하는 것은 금물이겠지만 현실적인 문제를 거론하지 않는 것도 비현실적이라고 느낀 것이었다.

"그래서, 이름을 '마붕어찜'이라면 어떨까?"

성희가 종업원의 말을 듣다가 추켜주었다. 계속적인 발전을 위하여 좋은 말을 하는 성격이었다.

"맞다. 특색 있는 음식을 놓고 다른 나라와 비교하면서 퓨전음식이라고 할 만하고 국내적으로도 퓨전음식이 나왔다고 해도 되잖아?"

나도 거들었다. 전해온 진실은 맞장구를 쳐야 맛이 좋다는 말이었다.

"그렇지! 국산 퓨전은 누구든지 변경 개발하면 끝이다. 다른 나라와 비교하면서 작명하는 퓨전을 고민하지 말고..."

"애야, 듣고 있나?"

"예."

"아니다! 듣고 흘리지 말고 바짝 긴장하면서 반드시 외우고 즉시 실험 해봐."

"예를 들자면~ 특산품인 고구마를 개발하면 고구마피자가 되고..."

"오이가 고추를 닮아서 오이고추가 되었고, 피망고추와 가지고추도 되었다~ 이 말이다."

나는 번갈아 가면서 퓨전 신상을 소개한 셈이 되었다.

"그럼~ 박이 수박을 짝사랑하더니 박수박이 되었듯이 호박수박도 되어야지."

"짝사랑이라니! 그것은 슬프다!"

"그렇지, 옛날에는 제비가 박씨를 가져다준 후에 인기가 많았었지."

"그때는 제비박씨를 구하기 쉬웠는데 요즘에는 금덩어리

박씨를 구하려다 씨가 말랐고, 이제 다른 방법으로 먹고 살만 하니 시들해졌어."

나는 퓨전에 대한 비전을 과장하여 홍보하였다. 먹는 것이 지상 목표라면 박씨를 금덩어리라고 여기는 것보다 박속이 여물기 전에 끓여 먹는 것이 대수였다. 욕심 많은 놀부들은 설익은 박을 알면서도 슬슬설설 허울 애용으로 타다가 설익은 금덩어리를 발견하였다. 그러니 박 농사는 금덩어리는 커녕 바가지도 사용하지 못하는 실농이었다. 서러운 아낙들이 애용하던 바가지가 바로 박의 속을 빼낸 겉이었다. 그래서 바가지라는 말이 생겨났다고 하는 말을 해주고 싶었으나 분위기상 생략하고 말았다.

"그것은 개발된 재료인데 퓨전 음식과 상관없잖아요?"

종업원이 말을 만들어냈다.

"아~쭈! 제법인데~ 네 말이 맞다."

성희가 말했다.

"맞습니다요. 콩으로 메주를 쑨다더니 팥으로도 메주를 쑨다고 하면 믿지도 않고..."

내가 말을 이어가지 않을 수 없었다. 팥으로 메주를 쑨다고 하면 거짓말이라며 믿지 않는다. 한 마디 덧붙이면 처음부터 끝까지 거짓말쟁이라고 치부해버린다.

실은 그것이 아니라 메주를 쑤는 방법에 팥이라는 재료를 활용하는 사실을 언급하였다. 반대로 해석하면 불가능한 것처럼 보이지만 노력하고 계발하면 변경 개발이 가능하다는 현실을 소개하는 차원이었다.

"너도 믿기지 않지?"

또 다시 내가 셰프 연습생에게 물었다.

"원래 메주를 쑤려다가 갖가지 재료를 여러 방법으로 실험하였는데 가장 빠르고 안전한 방법이 콩이라고 결론을 냈다. 그것이 가칭 메주콩이다. 그런데 팥으로도 메주를 쑤다가 결국 성공하기는 하였는데, 공정이 길고 번거롭고 까다롭다는 이유로 기피하였다. 그 후로 편한 사람들이 팥으로는 메주를 쑬 수 없다는 진실처럼 믿어왔다. 알아들었지?"

"정말입니까?"

"그럼, 내가 거짓말을 한다고?"

내 생각에는 누구나 믿고 있는 말이 사실인 것처럼 굳어져서, 반대말은 거짓말로 남고 말았다. 마치 외눈박이 마을에서는 두눈박이가 오면 병신이라며 기피하는 것처럼 말이다.

하긴 광어 눈이 두 개인데 한쪽으로 몰려있고 노래미 눈이 두 개인데 한쪽으로 몰려있다는 것이 자신의 생각으로는 바로 내가 정상적이라고 한다는 사실이다.

"팥으로 메주를 쑤는 것이 바로 기발한 퓨전 개발법이다. 알아들었지?"

배우는 자세를 잊지 말고 부단한 노력이 필요하다는 마음이 생겼다고 당부하는 심정이었다.

"예! 명심하겠습니다."

"호박엿처럼 생기면 일거양득일거다."

"하~ 그렇군요. 개발하면 퓨전음식이 된다고요?"

역시 연습생답게 기발한 말을 하였다.

"그건 퓨전음식이 아니라 변형된 음식이다. 돌연변이처럼..."

성희도 무조건 퓨전이라더니 외국음식이라는 둥은 맞지 않다는 이론 교육을 폈다. 그른 것이 무엇인지 맞는 것이 무엇인지를 분별하라는 주문이었다.

"예! 새겨 알아듣겠습니다."

"암~ 그래야지!"

"그럼~ 그 말이 맞다~"

우리는 한 마디씩 당부하였다.

5

"떵그랑 떵~ 깽그랑 깽~ 떵그랑 떵~ 깽그랑 깽~"

종소리를 듣고 벌떡 눈을 떴다.

"아~~ 새벽 종소리네!"

오늘이 바로 필드에 가기로 정해진 날이다.

부지런히 단장을 하고 장비를 챙긴다고 하여도 이미 지나간 시간도 황금과 같이 아깝기만 하다. 최영 장군님이 황금을 돌 같이 보라고 신신당부하셨는데 모든 사람들이 황금을 황금으로 여기고 있다는 진실이다. 황금이 황금일 뿐이면 헛된 삶이라는 명언이다. 나로서는 시간이 바로 황금이다.

"최영 장군! 도와주십시오. 저는 시간이 황금처럼 귀합니다."

'교회 가는 날인데 뭐가 그리 급한고!'

"교회 가는 날인데 저는 필드에 나가야 합니다. 분초를 아껴 황금처럼 사용하겠습니다. 도와주십시오."

'쯔쯔쯔. 교인이라고 자부하면서 교회 가는 날에 필드라니 어불성설!'

"아시잖아요! 제가 부산스럽게 나불대도 마음이 바쁘거든요?"

'하하하~ 그러면 네가 알아서 해라. 나한테 묻지 말고...'

"너무 야속하십니다."

'아니야, 나는 호국불교도로서 교회와는 전혀 관계가 없지만 요즘 세상에는 다 알고 있잖아?'

"그럼 알았습니다. 더 이상 따지지 마시고 그냥 안전 운전만이라도 도와주십시오."

'쯧쯧쯧...'

"ㅜㅜㅜㅜㅜ 갑자기 눈에 눈물이 피어서 오리무중입니다."

최영 장군과 나는 무언의 대화를 나누고 있다.

"고요한 아침에~ 안개가 피었습니다..."

정적을 깨트리고 찾아온 사람이 있었다.

"알았다. 기다려~"

물론 성희가 온 것으로 짐작하면서, 묻지도 않고 현관문을 열었다.

"야! 지지배야, 좀좀 신분을 확인하고 문 열어라~~"

"니가 오면 안 되는 사람이냐? 도움이 안 되고 피해가 되는 사람이면 강도고, 한 타임 참아도 훼방꾼이다."

"내가 도움을 주는 사람이면 바로 내가 천사다."

성희가 남에게 도움을 주면 도움을 받는 사람이 행복하겠고, 도움을 주는 사람이 더욱 행복해질 것이라는 진리를 터득하였다. 교인이라고 하면 그저 기본이겠고, 사람 사는 세상에서 만나는 사람이 행복해지면 바로 나도 행복해진다는 최후의 보루 즉 양심이었다.

"알았다. 제발 말 시키지 마라. 니가 이미 준비했다고 왔는데 내가 늦어서 물어 볼 시간도 확인해줄 시간도 아깝다."

"지지배는~ 촌각을 황금처럼 아껴야 한다고 누누이 강조했건만 그저 시늉만 했구나."

"알았다니까! 자꾸 방해를 상납할 거냐? 차라리 한꺼번에 해치워야지 야금야금 하루 종일 훼방 놓을 테냐?"

나도 언행을 믿고 동조하는 말이었는데, 스스로 알아서 도와주면 천사라고 말하는 것과 같은 심정이었다.

"미투. 지금부터 셧다마우스."

"아이고~ 기지배도 참~ 이거나 갖다 실어라."

우리는 허물을 벗고 속마음까지 통하는 사이로 의자매다. 그러니 나는 시간도 없이 때도 없이 흉금을 털어놓고 말을 해대서 편하였다.

"나? 너?"

"물론, 내 차에다 실어줘야지."

"그러니까 키를 줘야 한다니까!"

"그렇지! 니가 알아서 찾아가. 현관 신발장에 있잖아..."

"어디 있더라? 내가 가져가면 탈취다."

찾아보다가 또 말을 시키는 성희었다.

"... 그러면 내가 집어주리?"

"네가 주면 지시다!"

"으이구~~ 그러니 셀프 도우미잖아?"

"셀프 키? 그럼 다녀오겠습니다."

성희가 열쇠를 찾아서 총총 나갔다. 사실 챙길 것은 아주 단출하다. 내 몸만 챙기면 그만이다. 선크림과 큰 모자도 필요 없는 손이 제격, 손발톱에 남은 매니큐어는 반드시 제거, 악세서리는 부적합, 빨간 립스틱은 불합격, 딱딱한 구두도 불요, 달콤한 음료수를 담은 물통 대신 순수한 생수를 챙기면 충분하다.

성희가 다시 오겠다고 했지만 다시 올 필요도 없다. 그저 내가 나가기 전에 남은 것은 일사천리뿐이다.

"성희야! 지금 몇 시나 되었나?"

"다섯 시."

"응 그래? 조금 남았구나."

"그럼 분부만 내리시면 만사형통입니다요!"

"응~~ 가는 데 3시간, 아침밥을 먹는 데 30분, 천천히 가도 충분하다!"

"목적지는?"

"익산!"

"왜 이리 멀지?"

"오늘은 가도 후회가 없는 고향이니까! 익산에 갔을 때 안동역에 눈이 많이 내렸다고 중계 방송할 정도였던데... 그래서 토픽이라는 둥... 여름철에 안동 눈이 나를 마중 나왔었잖아?"

"부킹이? 랑데부가~ 파트너가?"

시원하게 알고 있는 것을 모른 척하면서 외면하다가 말을 거드는 동행자였다.

"식사 파트너라면 현지 조달이고, 오가는 동안 심심풀이로 부킹하면 로드 매니저를 예약하고, 또 랑데부나 토킹도 아무 필요 없어."

"그래서?"

지금까지 나를 따르지 않고 반대하는 때가 없었고, 일임하던 것도 불명확한 결론에 대한 의심조차 가지지 않았었다. 그래서 다른 말을 물어도 미련 남기지 않고 다른 화제를 삼았던 것이리라.

"그래서? 그것은 묻는 것이잖아!"

내가 다시 물었다.

'그래서'는 지금까지 했던 화제를 달리 돌아가자는 얘기도
되고, 지금까지 한 말을 그렇게 간단히 넘어가지 말고 자초지
종을 설명하라는 의문법이기도 하다. 그러니 네가 물었다고
해석해도 되느냐고 물었던 말이었다.

"그래. 익산이라는 먼 로드가 지겹지 않지! 로드 매니저도
처음이 아니고."

내가 궁금한 것을 시원하게 해결하는 것처럼 새벽 공기가
청량하였다.

"마님이 구면인고?~"

"그럼~ 구면이니 길도 훤하고 시간도 꿰차고 있지."

"영자는 좋겠다. 고향 가는 길이 지루하지도 않고~"

"그럼~ 그렇지. 어찌 알았어?"

"쉰네가 그저 그리 짐작했더이다!"

성희는 상대를 편하게 대하면서, 비위를 상하지 않도록 말
을 골라 사용하는 왕매녀인 것이 확실하다. 역시 누구에게도
만나는 사람마다 확실한 사람이라고 말했던 것이 사실이었
음을 알 수 있다. 지성인이며 인텔리라는 말이다. 대장격인

맏며느리이며 회의를 통솔하는 좌장 겸, 신여성이면서 대표 여성이라는 말에도 깜냥이 충분하다.

"저기 온다."

이제 드디어 로드 매니저가 나타났다. 아직 얼굴을 확인하지 않았다하더라도 지금 만날 사람은 이미 약속이 된 사람이라고 지레 짐작하였다. 물론 시간이 늦은 것도 아니다. 그저 성희가 서둘러왔기 때문에 조금 여유가 있었던 참이었다.

"안녕하십니까?"

로드 매니저가 도착하여 먼저 인사를 건넸다.

"어서 오세요."

초면인 성희는 그저 그런 인사말을 하였다.

"오늘도 익산 가는 것 알고 있지요?"

"그럼요~ 그렇게 말씀하셨잖아요!"

사전에 예약한 로드 매니저에게 말을 이어갔다.

"세 시간 삼십 분이면 되겠습니다."

"중간에 아침밥을 먹어야지요?"

성희는 일행을 증명하는 듯한 말을 더했다.

"우리 아침에 먹을 것을 정해봐!"

내가 아침밥 먹을 계획을 미처 정리하지 못해서 미안하다는 투로 성희에게 말했다. 사실은 가능하면 생략하고 가능하면 건너뛰자고 말하고 싶어졌다.

"내가? 정하는 것은 항상 담당이잖아. 구여사님이!"

되레 성희가 내 역할을 강요하는 셈이 되고 말았다.

"으이고~ 네가 먹고 싶은 것이 있으면 말해보라는 뜻이다!"

"뭐라고라! 매니저님 의견을 어떻게 무시 하시는지요?"

"김여사님! 매니저는 정해진 대로 항상 따라서 먹었잖아! 뭐든지 자기에게 의견을 내라고 지시하지 말라고 신신당부 했었거든요~"

예전부터 매니저가 아무 말도 없이 묵묵히 수행하는 임무를 모토로 삼았던 인물임을 설명하였다.

"그렇군!"

성희는 바로 수긍하고 상대방의 눈치를 살펴보았다. 그러다 지원자에게 주어진 의도를 인정하였다.

"그것이 바로 일등 매니저감이다. 지원하고 보조하면서 앞서 행동하는 항상 2인자! 우선 리더의 구상을 살피고 미리 예측하는 뛰어난 매니저다. 됐나?"

"...."

성희가 할 말 대신 매니저를 눈대중으로 재보았다.

"봐~ 아직도 아무 말이 없잖아! 이게 바로 훌륭한 매너다."

나는 미리 정해놓은 로드 매니저를 잘 정했다는 말을 추켜세웠다. 매니저는 역시 유구무언이며, 보고도 눈 감은 척, 들어도 못 들었다고 말하는 사람이 기본이다. 벙어리 3년에 귀머거리 3년이 철칙이었으리라.

"그럼 출발합시다."

"구선생님! 안전벨트가 우선입니다~"

매니저가 한 마디 던졌다. 거듭 확인하자는 차원에서 초면인 김성희에게도 안전벨트를 당부한 말이었을 게다. 하긴 누구에게도 안전벨트가 우선은 물론이며 바로 생명이라는 것을 주지시켜놓았던 출발 멘트였다.

출발하자마자 둘은 잠으로 빠져들었다. 아직 이르지도 않고 이미 새벽이 지난 것도 아닌, 잠이라는 올가미를 헤어나지 못했을 것이다. 이른바 기면증 근처에까지는 못가도 쏟아지는 잠이라고 할 만했었다.

어느덧 밝아오는 햇살에 눈이 떠졌다.

"동창이~ 밝았느냐~~ 언제~ 찾아왔느냐~~ 여우잠아!"

작은 소리로 시조를 읊었다. 아침에 보는 햇살은 아마도 생명을 밝히고 힘찬 기운을 듬뿍 안겨줄 것이다. 이런 날씨에

익산까지 가서 골프를 친다면 조금은 아까운 시간일 수도 있겠다.

"아~~ 화창한 날이니 기분이 최고다!"

"예! 참으로 훌륭한 아침입니다."

매니저가 좀 만에 대답을 하였다. 그것도 일상투인 대답뿐이었다. 그저 아무런 간섭을 하지 않을 테니 자기가 있으나 없으나 신경 쓰지 말고 편하도록 나누시라는 뜻이었을 것이다. 또 잠이 오면 자고, 깨어나면 이야기하든지 마음대로 하라는 뜻으로 전혀 상관하지 않겠다는 심정이었다. 단 한 가지 필요한 때에는 언제나 지시만 내리시면 답이라는 의도도 엿보인다.

6

내 마음은 벌써 고향에 도착하였다. 그러나 언제 어디를 방문할 것인지, 어떤 사전 조사가 있어야 하는지 도통 잡히지 않았다. 목적지를 어디로 잡을 것인지가 가장 큰 관건이었다. 그나저나 고향 땅에 들어선 후 가장 처음 만나는 마을을 잡을지, 가장 먼 지역을 잡을지, 아니면 가장 가까운 곳을 잡을지도 모른다.

"시내권에도 있고 외곽에도 골프장이 있는데 어디가 좋을까?"

성희가 고향을 회생하면서 말을 꺼냈다. 성희도 이미 지리부도를 보고 달달 윈 상태였을 것이다. 공부는 잘하고도 사양했으나 타인이 공인해준 학생이었으니 어련하겠는가.

"밭가가 좋아? 강가가 좋아?"

내가 성희의 의견을 듣고 싶어서 말을 붙였다.

"아니~ 구영자 여사님이 아직도 계획이 없다고?"

"무슨 말씀이신지요?"

로드 매니저가 끼어들었다. 혹시 오늘 일정이 바뀌었는지도 모르겠다는 듯 물어보았을 것이다. 가다가 삼천포로 빠지든지 친구 따라 강남가든지 아직도 낙점하지 않았느냐는 질문이었다.

"응~~ 환상의 그림을 그려보는 것이지~"

나도 아직은 결정하지 못하여 답을 확신할 수 없다는 것을 알려주었다.

"아~ 그거요?"

매니저가 알았다는 듯한 그러면서 더 이상은 안 물어도 알겠다는 듯한 간결한 말을 던졌다.

"금강을 바라보면서 시원하고 속이 후련한 골프장이 좋으냐 지방 최초의 18홀이 좋으냐가 문제라는 말씀?"

그러자 성희도 내 마음을 다 알고 있다는 것처럼 비아냥댔다. 그런 말도 전혀 거스르지 않는 소박한 언어였다.

"둘 다!"

내 말은 미정이라는 말이었고, 아니면 거시기였을 것이다.

"아직도 미정이를 좋아한다고? 아예 돌아가시든지~"

"암~ 내가 좋아하는 사람은 물론 미정이지! 그런데 정말 어떤 교회가 좋을지 어떻게 판단하는 것이 좋은지도 모르겠다."

"아직도라면 우선 조건을 나열하고 빨리 정하시죠. 가장 작은 교회든지 가장 오래된 교회든지, 가장 큰 교회든지..."

"그거다! 가장 오래된 교회면 정답이다. 따봉!"

성희의 조언에 따라 좋은 묘안을 찾아낸 셈이다.

"이제 모든 것이 해결되었으니 더 이상 고민하지 말고 우선 밥을 먹자."

"예! 알았습니다. 그렇지 않아도 적당한 휴게소가 가깝고 시간도 적당하지요."

"아이고~ 고맙습니다. 벌써 출출하던 참에 말도 못했었는데..."

5분 정도가 지나자 휴게소가 보였다. 적당한 휴게소가 가깝다고 하더니만 보는 사람의 기준이 다르므로 천차만별이 진리인가 보다. 달리는 자동차인지 달리기하는 운동선수인지에 따라 달라지는 차이다. 오리걸음으로 기어가는 사람 기준이라면 어찌 번갯불에 콩을 구워먹을 수 있겠는가?

"자~ 다 왔습니다. 이제 내리시지요!"

매니저가 말하면서 재빨리 뒤편으로 다가왔다. 이제부터 매니저가 해야 할 순서대로 앞섰다.

"아니~ 잠깐! 오늘은 김여사가 도와주는 역할이 있어요."

"그래! 내가 도울께."

김여사가 나를 붙잡고 거들었다.

"힘드실 텐데... 그래도 제가 해야 되지 않을까요?"

"1번입니까 2번입니까?"

성희는 고개를 돌리지 않고 물었다.

"1번!"

"1번이라~ 나를 믿고 싶어서 전동이 아니었구나!"

"김여사! 잔소리는 그만두고. 교회에 전화해서 예배시간을 알아봐. 그리고 점심 먹을 시간도 알아보고..."

"1주일에 출석 신도가 몇 명이나 되는지도 알아보고요?"

"ㅋㅋㅋ. 그럼 미리 알아보고 체크하세요!"

우리 둘은 대화가 반드시 필요한 것도 없었다. 그저 상식적으로 통하는 진심, 즉 같은 마음으로 대하면 만사형통이 될 것이다.

"이제 제가 해야 할 일이 없어졌네요!"

아마 매니저가 생각해도 서로 눈빛으로 통하면 바로 이심전심일 것이라고 믿었나보다. 그리고 그것이 미안하다는 마음이었다.

"아니지요! 매니저님은 역할이 아직 남았습니다."

"무슨 분부이신지요?"

"예, 그럼 안전 운행을 책임져주세요."

"그거야 그렇습니다만..."

"그러면, 매니저님은 어떤 교회인지를 알아보세요!"

성희가 로드매니저에게 말했다. 지금까지 나온 얘기는 그저 본론에 들어갔지만, 그 전에 시작되는 서론이 빠졌으니 나에게 묻지 않고 가벼운 조크를 건넸다.

"예. 어딘지 말씀해주셔야지요."

"아~~ 그거다. 가장 중요한 주제가 무시당했구나."

"이제야 깨달았다고요?"

"세동교회!"

"어디 지역인가요?"

매니저가 물어보았다. 익산에 어느 동인지 혹 교외의 먼 지역인지를 먼저 알아야 조사할 것 아니겠느냐는 질문이었다.

"그냥 '세동교회'를 조사해도 바로 나와요."

"작은 교회인데 어느 면 어느 마을에 있는지를 알아야..."

"노! '세동교회'는 전국적으로 유명한 교회입니다. 인터넷에 쳐보면 단번에 바로 나옵니다."

"그렇게 큰 교회야? 유명한 교회는 안 가기로 알고 있었는데..."

성희가 물었다.

"그럼~ 시골 두동리의 세동교회는 두 동으로 지어진 교회라는 이름이다."

"아하~ 그 두동교회? 사택까지 합치면 세동~"

이것이 얘기했던 초기 교회라는 것을 즉시 알아챘다.

"거럼~~ 그 교회가 바로 이 교회다."

"거시기가 거시기라고요?"

"바로 남녀칠세부동석이라는 교회다. 유교를 포용하며 초월하는 기독교라는 유명한 교회입니다!"

성희와 나는 옆에 있는 매니저에 대한 예의를 잠깐 잊었던 것을 후회하면서 대화를 이어갔다. 너무 과격하거나 신의가 없는 말 혹은 속맘이 드러나는 표현을 하지 않은 것에 대해서는 안심이 되었다.

"상세한 사연을 어떻게 알았습니까?"

매니저에 대한 예의를 잊지 않았다면서, 성희는 평상적인 겸양어를 사용하였다.

"그거야 그저 기본이지요!"

"정말로 박식하십니다."

매니저는 형식적인 칭찬도 잊지 않았다.

"박식이라니요? 박씨를 좋아하는 소식주의자입니다."

"ㅋㅋㅋ 널리 골라 먹으라는 박식?"

성희가 가벼운 조크를 던졌다.

"됐어요! 그저 그렇게 실없는 말은 삼가요. 성스러운 교회를 대놓고..."

"예~ 알아 모시겠습니다."

"ㅎㅎㅎ"

나도 할 수 없어서 의미 없는 얇은 웃음을 웃었다.

"실소!"

"그만하라니까! 실소는 웃는 것이 지나쳐서 바로 실수와 한 통이지."

"듣고 보니 그렇네요! 한참 웃다가 뒤집어지면 한 끗 차이에 바로 실소가 실수로 변한다는 말씀! 그러니 하시는 내용마다 유머와 위트가 넘치고요."

로드 매니저도 이해하겠다는 뜻으로 보인다. 그것이 틀린 부분이 있다하더라도 바로 긍정일 것이다.

"찾았어요! 두동을 건너 띄고 세동교회!"

로드매니저가 가볍게 말했다.

"찾았지요? 바로 찾는다고 말했잖아요!"

"그러게요. 매니저도 구여사님을 닮아가는 가 봅니다."

"서당 개 3년이면 글월을 읊는다더니 매니저 3년이면 리더를 닮아가는 냄새가 납니다."

"서당 개 3년이면 하산하고 매니저 3년이면 리더를 졸업하고... 승진하겠지!"

내가 한 마디 더했다.

"리더를 졸업하면서 승진하다니요? 무슨 말씀이신지요?"

매니저가 숨은 뜻을 다 이해하지 못했다고 말은 안 했지만 드러나는 말이 무슨 뜻인지도 모르겠다며 물었다.

"아니~ 승진이 아니라 바로 리더 역할을 해야 한다는 뜻이지요!"

"그럼 이제부터는 자원봉사를 해야 하는 단계라고요!"

성희도 부추겼다.

"매니저도 자봉이니 진솔한 의미를 두면 좋겠지요!"

"예! 같은 내용 아닌가요?"

"아무렴! 오늘의 매니저와 리더는 모두 자봉이니 동일한 자격이 있어요."

"나는?"

"물론 김여사님도 마찬가지 자원봉사 아닙니까?"

"아~ 알아 모시겠습니다. 오늘은 김여사님이 오셔서 역할을 나누었다는 뜻이군요!"

성희가 대답하기 앞서 매니저가 긍정하는 말을 했다.

"그렇지요! 오늘은 역할 분담한다고 말했잖아요!"

내가 말했지만 지금까지 수고가 많았던 로드 매니저에게 조금이라도 수고를 덜어주자고 자초한 사람이 김여사였다. 그렇다고 대놓고 김여사 니가 나서서 일을 하라고 말하기도 거북스러운 면이 있었다. 그러나 성희는 두동교회에 관한 이야기를 모른다고 시치미를 뗐지만 사실 이미 정확히 알고 있는 처지였다. 그저 로드 매니저를 소외시키면서 겉돌아버리면 일하는 자봉의 재미를 느끼지 못할 것이라는 추측이 들었다.

"자~ 다 먹었으면 가십시다!"

말을 하면서 둘러보니 이미 밥은 다 먹었고 잔밥도 가지런히 모아서 설거지를 할 준비가 되어있었다.

"아이머니나~ 벌써 늦은 건가!"

시계를 바라보니 혹시 늦은 것은 아닌지 은근히 걱정이 되었다.

"늦은 것은 아닙니다. 두동은 11시에 시작한다고 합니다."

"그럼 개시를 얼마로 정할까요?"

오늘 일의 리더는 모든 것을 주최하고 주관하는 나의 눈치를 보는 중이었다.

"제 생각으로는 타임을 10시 30분으로 하는 것이 좋을 것 같습니다."

"김여사님! 30분전 동안에 해야 할 것을 아시겠지요?"

성희의 임무는 먼저 나를 안아 들어서 휠체어로 앉히는 것이 우선이다. 그 뒤는 자연스럽게 밀어가면서 만나는 사람들을 살피고 도움이 필요한 대상자를 찾아내는 주목적이었다.

"매니저님! 잘 아시지요? 도시에서는 목적지 3km전 하차, 시골이면 5km 멀리서 하차..."

"그렇지요. 시골은 건물이 없으니 멀어도 뻔히 다 보이는 곳이라서 사람들 눈에 띄면 안 좋지요!"

"아니면 돌아가는 모퉁이에서 살짝 내려놓고. 그래서 오늘은 김여사가 온 것이 정답일 것입니다."

내가 다시 김여사에게 부탁하면서 주의할 점과 동태파악 등을 미리 짐작하라고 말했다. 이야기하던 중에는 상대를 살펴보면서 기분이 상하지 않도록 배려하는 것이 자봉의 철칙이다. 그러는 중에는 일일이 설명하면서 지시하는 작전은 펴지도 않았다.

"여기가 적당할 듯 하네요!"

매니저가 정해준 장소에 도착하였다.

"그럼 매니저님은 다시 눈에 띄지 않도록 시내로 돌아가서 잠시 휴식을 취하세요."

"어느 정도 기다리면 좋을까요?"

"아니지요, 무조건 기다리세요. 대략 12시 30분 정도까지는."

"알았습니다."

"점심은 알아서 해결하고요~"

"예, 알았습니다. 그런데 선생님은 식사를 어떻게 하시려고요?"

"무조건! 묻지 마세요."

성희도 한 마디 거들었다.

'구영자 너는 오늘 제때 점심을 먹지 못할 것이다.'

'나는 교회에서 점심을 먹지 않겠다는 것이 기본이다.'

'알았다니까...'

'나는 로드 일을 시키는 사람 때문에 편히 쉬지 못하는 것이 제로다.'

'그래 알아서 그렇게 말했잖아. 나도 미투다.'

'그럼~ 우리는 나중에 식사를 해야지! 그때 매니저에게 적당한 식당을 찾아달라고 부탁하면 끝~'

'미리 말해버리면 매니저는 자동으로 쫄쫄 굶다가 같이 먹겠다고 말하겠지?'

'이것이 바로 리더의 갑질이다.'

'알았어. 리더에 대한 배려!'

"이제 둘이 가보자."

교회까지 가는 길은 아스팔트를 포설한 도로라 평탄하였다. 작은 교회 중에서도 개척교회였다면 시멘트 도로도 감지덕지다. 만일 수동이라면 도와주는 사람이 바로 중노동이었을 것이다. 그러나 오늘은 순탄하기만 했다. 도로도 좋고 이른 가을에 피어난 코스모스가 반겨주었다.

교외에 갈 때마다 매번 느끼는 것이지만 요즘은 시골까지도 포장이 잘 되어 있어 여간 고마운 일이 아니다. 역시 국가

번영이 개인 번영도 보듬어주는 아름다운 세상이다.

"아직도 한창 여무는 때라 한가위는 낯설지?"

내가 먼저 말을 꺼냈다.

"그래. 한가위를 부르는 때가 아니니 그저 현실을 만끽하는 시간이다."

"쾌청하고 하늘 구름도 높으니 정말 좋구나!"

"야! 영자야, 너는 오리쌀을 먹어봤니?"

"뭐, 오리쌀? 그럼~ 나는 한 번도 먹어보지 못했어."

"그럼 그렇지~ 오리쌀이 아니라 올래미쌀이롱!"

"우리 때는 오리농법으로 기술이 없었잖아. 올게심니라나!"

"그랬어? 내 때도 오리농법이 없었지!"

성희도 모른 척하다가 말을 붙였다.

"아~ 재밌다. 성희야! 알면서도 모르는 척하고가 아니라 다 알고 있다고~"

"영자 때라... 그런 시절이 있었지... 오리쌀을 먹으면 오리 걸음으로 가야만 되고, 뛰면 배가 빨리 꺼져서 넘어진다나?"

"그런데 나는 정말 미안하다. 내 부모님이 쌀을 한 돌 두 톨 절약하면서 보릿고개는 물론 가을 추석까지 묵은 쌀을 먹었지. 그래서 친구들과 대화에 끼지 못했잖아."

나는 비교적 쌀밥을 먹고 살았으니 배고픈 친구들을 생각하면 말하는 것이 미안하고, 먹고 사는 것을 주제로 삼는 것을 금기사항이라고 생각했었다.

"영자야! 미안하기는. 네 탓이 아니잖아?"

"그나저나 정말 조용하네. 내가 부덕하여 만나는 사람이 한 명도 없으니..."

사방을 둘러보아도 한 낮에 오고가는 사람도 없고, 교회에 가려는 사람의 그림자도 보이지 않았다.

"야 지지배야~ 정말 딴청을! 보는 사람이 없으면 툭툭 막말을 던져도 되잖아?"

"으이구~ 기지배! 밤 말은 쥐새끼가 듣고 낮말은 하나님이 들으신다."

"아고고~ 나 이제 죽었구나!"

성희를 권사라고 부르니 어느 정도 체면과 규율을 지켜야 하고 직분을 알아서 처신하여야 하는 사람이었다. 하나님을 지칭하거나 사람과 비교 대상으로 삼는 것은 절대로 맞지 않은 말이었다.

"니가 죽고 사는 것은 니 소관이 아냐!"

"아멘."

"알곡과 가라지를 골라 뽑아내시는 분이 기다리신다."

"정말, 성희야 봐라! 드디어 나락이 익어가고 있구나!"

"응~ 정말 좋다!"

7

예배당에 닿기까지 한 사람도 만나지 못했다.

눈에 띄는 교회는 이정표가 작았고 교회의 간판도 작았다. 아마도 작은 시골 교회라는 닉네임에 어울렸다.

"두 동이 아니고 세 동도 아닌데, 이름처럼 보이는 교회 건물이 아니었다. 처음 지은 교회는 좌우로 굽어진 ㄱ자 건물이 있어야 하고, 사택이 필요해져서 세 동이 하나의 집합체를 이루어졌다. 그런데 지금은 현 시대에 맞게 다시 지은 건물이 있는데, 별관인 강당과 새신자들의 교육장이 생겼다. 생경스럽지만 아담한 사택이 현대식으로 지어진 것 같아 보인다.

"두동교회가 정말 이름값 하는 세동교회구나!"

"정말 그렇네~"

원래 지었던 ㄱ자 건물은 남녀가 구분되어진 유형이 바로 성차별을 넘어 교인들의 소통하는 장이 필요하였을 것이다. 하늘에 계시는 하나님은 남녀를 막론하고 마음을 알며 어떤 의도가 있었더라도 용서하시며 사랑하시는 분이시기에 그저 성심으로 통하면 하늘에 가는 길을 열어주신 것이다.

유교가 나쁘다는 차원이 아니라 이방인 사마리아 여인처럼 떳떳하게 살아가면 만사형통이 열린다는 계시일 것이다. 그리고 보니 구교회와 신교회 그리고 교육관으로 구분하는 세 덩어리가 하나의 교회를 이루었다.

"이것이 바로 세동교회가 맞다. 요즘에도 목사님 사택은 교회를 구성하는 기본 건물 중의 요소가 되지 못하니..."

성희가 순수한 증인으로 나선 말이었다.

살며시 문을 열어보면서 머뭇거리기만 할 뿐 성희 조차 다른 말도 하지 못했다.

"누구세요?"

마침 다른 쪽에서 나타난 여인네가 물었다. 살펴보니 소형 트럭 하나가 서 있는데, 유리창으로 물끄러미 바라보는 늙은 남정네도 보였다.

"아이고~ 반갑습니다!"

"오시느라고 수고 많으셨습니다."

우리는 이구동성으로 맞이하였다.

"어디서 왔어요?"

이미 터줏대감이라고 여겨지는 한 여인이 물었다.

"예, 저희들은 지나가는 중인데 어쩌다 교회에 들렀습니다."

"여행을 하던 중이었는데... 가까운 교회에서 예배만이라도 참석하려고 왔습니다."

"그래요? 성의가 대단하구먼."

"그런데 어르신은 혼자 교회에 오십니까?"

"트럭에 계신 분도 참석하시나요?"

나와 성희는 하나라도 다른 정보를 얻어 보려고 말을 시켰다. 그런데 그 대답을 하는 중에서도 똑바로 서지 못하고 뒤뚱거리는 것을 보자 안타까웠다.

"아니요. 일하다가 급한데도 나를 태워줬어요."

"정말 어르신 내외분은 성의가 대단하십니다!"

역시 상대방을 배려하면서, 말을 듣고 부언하여 확인 강조도 한 셈이다. 이것이 돈 들지 않는 말 한 마디에 칭찬으로 유혹하는 절차가 남았을 뿐이다.

"예배시간 대기에 바쁘시니 차에 태워주셨나 보네요?"

"그럼요. 농사철이 시작되기 시작하면 일도 바쁘기 시작했어요. 다른 교회에서는 다리가 불편하여 승용차 타 오고, 교회 차가 돌아오기도 합디다."

세동교회의 신실한 신도라고 믿은 사람이 말을 하였다.

"그래야지요. 편리하시도록 도와주는 교회가 대부분이잖아요?"

"요즘 농촌에는 일손이 없어서 살아있는 사람이라면 모두 나와 일해요!"

노인의 말씀을 듣고 보면 인구가 줄어드는 것도 그렇고 젊은이들이 떠난 적막한 농촌이라는 실감이 났다.

"행복하시겠지요? 연세가 들어도 일하신다는 것이 행복이라고 하던데요!"

"그런데 벌써 닳아져서 아픈데도 쉬지 못하고 일하다니 행복은 아니죠!"

"그 정도이세요?"

"저런! 안타깝네요! 혹시 자제분이 전동휠체어를 구입해주신다는 말씀을 안 하셨어요?"

우리는 구체적인 질문을 던졌다.

"그런데 당신은 어떻게 타고 왔어요?"

교회 어르신 할머니가 뚱딴지같은 말을 물어보았다. 자녀가 비싼 전동휠체어를 구매해주겠다는 말은 피하고 싶었나 보다.

"저요? 저는 교통사고로 그랬어요."

"이런! 얼굴도 예쁜데 얼마나 고생을 했으까!"

"저야 그저 살고 있어요! 언니와 함께 살아요."

"둘이 산다고요? 외롭지는 않겠네."

"예, 예배당 안으로 들어가시지요!"

성희가 교회 안으로 들어가는 제스처를 내비쳤다.

"예예!"

"아니? 교인이 이렇게 적다니요?"

들어가려다 보니 너무나 수가 적어서 미안하기도 하고 계면쩍기도 하였다. 그래서 다시 머뭇거리면서 번거롭게 피해를 줄까봐 엉거주춤하였다.

"요즘 한창 바쁜 때는 이것도 과분하죠."

"정말 그러겠군요."

"혹시 어르신처럼 걷기가 불편하신 분이 더 많은가요?"

나는 본격적인 주제로 옮겨 가려는 의도를 내비쳤다.

"그거야 다 그래요! 나보다 훨씬 못 걸어서 오늘 안 온 사람도 세 명은 넘을 겁니다."

"그래서 불편하여 아예 못 오신분도 많을 거고요?"

성희가 유도심문처럼 물었다.

"근데~ 어르신 함자가 어떻게 되시는지요?"

대화 처음부터 순서가 틀렸다고 생각한 내가 한 마디 운자를 띄웠다.

"나는 박갑순. 제비가 물어온 알로 태어났고 갑자의 순한 딸이라서 지었답니다."

"정말 정이 넘치는 성함이네요."

"후후후~ 그렇지요? 그런 말은 노상 들고 다녔죠!"

"어르신 연세가 얼마나 되셨습니까?"

"아~ 칠순 넘었고, 칠땡~~!"

박갑순여사가 재치있는 답변을 하고 있었다.

"예? 7땡?"

"그러면 화투치시나요?"

"그럼요. 맨날 화투치면서 치매 예방하자고 달고 다녀요."

"어르신! 근데 교회 안에서는 치매에 걸린 분이 없겠네요?"

"암요~ 그래서 치매 예방을 철저히 지키고 있죠."

"ㅋㅋㅋ~ 다행이네요."

"치매 예방에 필요한 비용이 만만치 않겠지요?"

혹시나 화투놀이 때문에 서로 다투거나 거리가 멀어져서 서먹서먹하게 다니는지 걱정이 되어 물어보았다. 그것이 마을의 분위기를 좌지우지하는 나쁜 습관인지도 관심사였다.

"바쁜데다가 쭈그리고 앉아서는 오래 치지도 못해요. 그것도 기껏 해야 30분? 그리고도 100원이 왔다리갔다리 하면 충분해요."

박갑순여사님이 대답하였다.

"정말 다행입니다!"

"비밀인데~ 예배에 참석보다 치매 예방 훈련을 열심히 지켜서 다행이지요."

박갑순여사가 웃을 듯 울 듯한 말을 지어냈다.

"저는 그런 말씀을 절대로 못 들었다고 믿습니다. 아멘."

성희가 재치 답변을 하였다.

교인들이 화투를 집어 들고 있다가 늦어서 예배에 참석하지 못했다니 그것은 불경스러운 처세였다. 그러나 그것으로 먹고 사는 사람도 아니니 그저 가벼운 농담이 꼭 필요한 말이었을 것이다.

"ㅋㅋㅋ"

박갑순여사가 말을 이었다.

"어르신도~ 그런 웃음을 웃으시네요!"

"그런데 어르신보다 더 불편하시다는 분이 계시다고 들었는데 신실한 교인이세요?"

우리는 이구동성으로 물어보았다.

"응~ 교인 중에서는 내가 뒤뚱뒤뚱! 최고죠."

"하하하. 재치 눈치 있는 말씀이 듣기에도 마음이 편하네요!"

"그렇죠? 이왕이면 듣기 좋게 하는 거이 좋죠!"

박갑순 노인도 통하는 면이 있었다.

"박혁거세 왕족 중에 최고가 박갑순씨라고 해도 되죠?"

성희가 설레발을 쳤다.

"그럼~ 내가 하고 싶었는데 자주 쓰는 말이 아니라 한 번도 못 써먹었어요."

재치를 포함하여 설 자리 앉을 자리를 아는 노인이었다.

"그러면 제가 어르신 마음을 알아모시겠습니다."

"예. 김성희 언니가 수단이 대단한 거 아시겠지요?"

"두 사람이 내 마음을 다 알아서 척척 해주니 정말 마음에 들었어!"

박갑순여사가 따뜻한 호의에 대한 답례를 놓치지 않았다.

"감사합니당~~"

성희가 코맹이 말을 하면서 다른 대화를 찾아보았다.

"목사님은 몇 살이나 되세요?"

내가 물었다. 여러 사람들이 있는 중에 공동 주제를 택하는 것이 예의일 것이다.

"마으 흔~~"

마무리를 하지 못하고 머뭇거리셨다. 나이는 확실히 모르겠다는 의도였나 보다.

"마흔 다섯!"

그런데 옆에 앉으신 분이 끼어들었다. 물론 공동 대화 주제이며 목사님 이야기니 아무나 대답해도 거리낌이 없었다.

"4땡은 넘었고, 계산해보자~ 사오 갑오네!"

박갑순 어르신이 말씀하셨다. 자신이 자랑하던 치매 예방 운동을 빗댄 것이었다.

"끼익~"

그때 차 멈추는 소리가 들렸다. 고개를 돌아보니 현관 유리밖으로 노란색 승합차가 보였다. 여러 명이 어기적 내리더니바로 예배당으로 들어왔다.

"아이고 덥네요! 아직 시원한 가을이 지각인가 봅니다."

운전대에서 내렸던 분이 말을 던졌다.

"누구세요?"

내가 나지막한 소리로 박갑순 어르신에게 물어보았다.

"교회 목사님이세요."

"예! 제가 목사입니다만..."

목사님이 자신에게 무슨 말을 하는 것이 궁금하겠거니 하다가 대답하였다.

"목사님도 화투를 하세요?"

내가 당돌한 질문을 하였다. 처음 온 사람이니 그저 서먹서먹하지 말고 그냥 화통하게 대하자는 주장이었다.

"아녀요. 목사님은 화투를 못 배워서 아직 5땡도 마치지 못했으니까..."

박갑순 여사님이 조심스럽게 말씀하셨다.

"저는 치매를 걱정할 단계가 아니라서 아직 쌩쌩합니다."

"목사님! 죄송해요. 농담으로 드릴 분위기가 아니었는데~ 그냥 지나가고 말았네요!"

내가 분위기를 정리하고 싶어서 마무리성 발언을 하였다. 그래서 그런지 좌중이 다소 가라앉았다. 화투할 시간이 없다는 것이 진리다. 작은 교회에서는 목사님이 운전하고 평일에는 생업에 종사하는 이른바 투잡 아니 쓰리잡 목사가 대세다. 교인댁네 농사일에 나가기도 하고 일정한 수단으로 택배에 끼어든 목사가 있다는 말이 확인되기도 했고, 아동 학원 운전에 끼어들었다는 것도 확실해졌다.

"자~ 이제 시작하겠습니다."

목사님의 선포와 동시에 엄숙하게 가라앉은 곳이 바로 예배당이었다.

같이 일하면서 농담하고 서로 이야기하다가 허물이 없어지면서 목사의 지위가 서지 못하는 예가 많다고 들었다. 그래서 가능하면 그런 분위기를 깨고 근엄한 자세를 유지하려고 노력하는 것이 돈키호테형이다. 이른바 목사님은 여유가 없어도 그저 목회만 집중한다면 임무를 성실히 마칠 상황이었다.

기독교 정의로써는 목사라는 위치가 바로 하나님의 심부름꾼이다. 중재자다. 그러니 얼마나 귀중하고 높은 분이신가! 그런데 같이 밥을 비비고 섞어 먹으면서 옷도 구제만 찾을 때, 남의 눈에 띄지 않는 옷 입을 능력이 있겠는가? 내가 근무했던 장교시절에 체면이 어떠하며 위신이 어찌 서게 되었을까. 같은 처지에 비유된다.

예배가 끝나자 바로 점심을 먹고 잠시 쉰다고 했다. 예배가 중요하지만 노인들 편에서는 같이 모여 먹고 담소하는 것이 더 즐거운 예배 속의 한 장면일 수도 있다. 그리고 2시간 뒤에 다시 저녁 예배로 이어진다. 이것이 바로 요즘의 예배 절차로 굳어지고 있다. 더구나 시골 마을에서는 야간 출입이 불편하며 자가용 교통편도 활용하는 것이 어려운 형편이다.

그런 교인들을 위하여 일부러 대중교통을 배차하는 것이

어려운 점이었다. 반대로 대형 교회에서는 별도로 야간 버스를 운영하는 기존 방식이 가능하여, 존속시키는 절차로 남아 있다.

전 교인들이 모여 점심을 먹는 순서가 돌아왔다. 간이 뷔페식으로. 하는 수고에 같이 참여하며 즐겁게 먹는 것도 공동체 의식일 것이다.

"그런데 저희는 점심을 먹고 갈 수가 없습니다."

그러자 참석한 기념으로 밥을 먹으라고 성화가 빗발쳤다.

그렇지만 나는 점심 그것도 부담이라며 먹지 않는 다는 신념이 강했다. 거기에 내가 지불하면서 즐겁게 먹을 수 있도록 도와주는 것이 목적인데, 미리 정해진 약속이 아니라 눈 감고 떠나야 한다는 말을 하고 있었다. 사실 로드매니저와 함께 먹을 점심이 사전예정에도 없었지만, 무언으로 정해진 순서대로 같이 먹어야 할 상황이 남아있었다.

"갈 길이 멀어서 시간을 절약해야 됩니다."

우리는 단호히 거절하였다.

"아니~~ 그거야 그거야 마찬가지요! 서서 먹으나 앉아서 먹으나 어찌든 밥 먹을 시간은 걸리니까?"

"또 야간 예배를 기다리면 너무 늦어서요!"

"그러니까 밥만 먹고 가면 되잖아요?"

"고맙습니다만~ 사양하고 먼저 일어나겠습니다."

성희도 떠나기를 서둘렀다.

"예, 다음 기다리는 사람도 있고 가볼 곳도 있고요."

"아이고~ 참! 바쁘기도 하네요!"

"글쎄, 우리가 준비한 밥 한 그릇이라도 같이 나누고 싶은데..."

이구동성으로 먼 곳에서 온 손님에 대한 배려가 뭉클뭉클 넘쳐 나왔다.

"알았습니다. 그런데 정말로 그만 가야됩니다. 먹었다고 치고~ 가겠습니다."

내가 정에 부족한 말을 채워야 하는데도 그저 가야된다고 말했다. 사실 불청객이 와서 먹고 가면서 먹거리를 시원찮다고 찬거리가 푸성귀뿐이냐고 투정할 수도 있고, 대접하는 편에서도 미안한 처지가 될 수도 있다.

"사실 제가 처음 시작할 때부터 밥을 먹지 않고 바로 간다고 말씀드렸는데 못 들으셨다니 죄송합니다."

또 내가 없던 말을 했다.

"아니~ 진짜로 못 들었는데..."

"그러니까 저는 진짜로 말씀드리고 싶었는데 기회를 놓쳐서 말씀드리지 못했는지도 모릅니다. 정말, 죄송해요."

"그러면 가시련다니... 그저 편하게 보내드리세요."

목사님이 후련하게 교통정리를 해주셨다.

"예~ 언니! 이제 갈께요!"

"그럼 갑니다. 안녕히들 계십시오!"

"먼 길에 안녕히 가세요."

교인들이 약속이나 했던 것처럼 합창하였다.

성희가 휠체어를 밀면서 현관문을 넘어섰다. 요즘은 현관 문턱이 없어서 좋다는 생각이 들었다. 행여나 복병이 나타나면 자원봉사자가 힘들어서 어떡하나! 안타깝지만 속수무책만 원망할 것이다.

손을 흔들어 인사를 거듭하였다. 나도 손을 들어 흔들며 대답하였다.

"그럼 가자~ 떠날 자는 과감히 떠나야지!"

내가 나지막이 말했다. 이제 갈 길을 부지런히 가야겠다고 부탁하는 것이었다. 하던 일이 아니라 힘들겠지만 그래도 같이 걸어가면서 이야기하는 것도 매우 드문 추억이 남을 것이다.

거기다가 농촌에서 일을 해야 되는 사람뿐이므로 눈만 뜨면 바로 들판에 가야 만날 수 있다. 그러니 낮눈은 논밭의 일꾼을 조심하라는 말이 실감난다.

"아니다! 논밭의 일꾼 눈만 조심하는 것이 중요하지 않고, 숨어 있는 로드 매니저가 있다."

"영자 지지배야~ 정말 그런 말까지 해야 하나?"

"그럼~~ 그렇고 말고~"

"내가 말을 하지 말든지 네가 말을 하지 말든지 선택해봐!"

"물론 답은 없다!"

편한 사이지만 무작정 달리기는 좋지 않은 작전일 뿐이다.

8

"띵똥땡~"

성희의 띵똥땡이라는 말은 정말 듣기 힘든 말이었다.

"야무지게 때리는 차임벨이라 활기차다."

"미안하다! 아무 뜻도 없어. 너처럼 어려운 문제와 대답하는 정답은 없다. 그저 보아도 좋고 들어도 좋다는 것뿐!"

"거기에다 같이 동행하면 더 좋겠지. 아니 오늘은 더욱 좋았겠다. 그치?~"

내가 성희의 마음을 다치지 않도록 다독였다.

"빨리 불러! 로드 매니저가 차에서 자고 있나봐."

"흐흐흐~ 아냐 조금은 그냥 놓아줘."

"조금 더 쉬라고?"

"성희야! 당근이쥐~"

"그래? 그럼 나도 미투다~~"

"기지배야, 당근과 미투는 동의어냐?"

"영자의 마음처럼 다른 듯 같은 듯..."

"그래서 미투라고?"

"홍당무도 같이."

"그럼, 호나복을 추가해주자!"

"쉬잇~ 깼나봐!"

성희가 주의력을 집중해왔다더니, 역시 철저한 관심이 바로 실수하지 않는 사람답게 만드는 기술이라고 보여주었다.

큰 도로변에서 기다리면 벌써 눈에 띌 것인데 조금 늦게 발견한 것은 산통을 깨트리지 않으려는 배려였을 것이다. 로드 매니저가 도로에서 농로로 내려갔으니 비켜 물러난 처신이었다.

"봤지? 역시 로드 매니저가 멋져!"

내가 매니저를 추켜 세우려고 말을 꺼냈다.

"두말 하면 배고프다!"

성희도 이미 다 알고 있다는 듯한 말을 뱉었다.

"그래? 나는 벌써 한 마디 했어도 배고픈데..."

이제 따지고 보면 네가 생각하는 정도는 이미 알고 있다는 말을 하고 싶어졌던 것이다.

"근데, 매니저에게 밥 먹자고 말해야 되겠지?"

"아니다. 먼저 물을 것은 혼자 밥을 먹었느냐, 무엇을 먹었느냐고 물어야 순리다."

"그것도 알아~ 구영자 여사님이 매니저를 배려하여 혼밥을 먹고 오라고 지엄한 별명을 내리셨잖아?"

"ㅋㅋㅋ 그런데도 내말은 절대로 듣지 않을 사람이다. 매니저는 혼밥을 먹을 사람이 아니다니까!"

"응~~ 그것은 명령을 위반한 반역자잖아!"

성희도 내 마음을 알지만 그래도 그저 재미있는 말을 하고 싶었다.

"근데, 누구는 명령을 내리고 누구는 받드는 관계가 아니잖아! 그저 의견만 교환하는 사이지..."

"아니야! 두 사이는 주종 그러니까 사용자와 피고용자 사이가 맞다,"

"내가 고용을 계약한 사장이 아니고 로드 매니저가 근로를 제공하는 사람도 아니다. 네가 정의를 내렸잖아? 우리는 서로 순수한 봉사를 제공하는 담당자일 뿐이다."

"알았어! 그렇다 치고 밥을 어떻게 해결할 거냐고?"

"성희야 두 번 세 번 같은 말을 묻지마! 내 말은 아직 혼밥을 먹지 않았다고 믿어."

"줄여서 물을 께. 그래서~"

"로드 매니저가 혼자 먹으면서 어디서 무엇을 먹으면 좋을 것인지 시식해보라는 의견이었다~"

"그래서, 영자씨 대답도 한두 번이냐고?"

"아니! 그래도 한 번도 먹어본 혼밥이 없었다."

"매니저도 같이 먹어야한다는 배려를 요구하였다고?"

"물어봐, 내 말이 맞지!"

"영자야! 한말을 하면 벌써 배고프다면서 말도 많네."

"아직 할 말이 있어서 그런다."

"빨리 오세요! 매니저님!"

로드 매니저가 있는 곳까지 가서 성희가 말을 걸었다.

"기다리고 있었어요! 어서 오세요."

성희가 말하길 빨리 오라고 했었는데 매니저도 빨리 오라고 얘기하였다. 누가 먼저 할 말인지 누가 먼저 들을 말인지 따질 일도 아니었다. 로드 매니저가 빨리 와서 기다렸다는 말을 인정하는 얘기였다. 약속한 사람들도 내가 먼저 도착하여

기다리는 것이 기본 예의에 맞다.

"기다리다가 그만 깜빡 졸았습니다."

매니저가 한 말이었다.

"그랬군요. 제삿날에도 나간 사람은 먹일 수 없는 것이지만 자는 사람은 깨운 후 먹여야 된다는 철칙이 있어요."

내가 매니저를 보면서 미안할 것이 없고 그저 말할 상대가 된다는 말을 하였다.

"그래요, 음식을 놓고 외출한 사람에게 주려면 식어서 맛이 없으니 아예 먹이지 말라는 말입니다."

성희가 사연을 부연 설명하였다. 요즘은 제삿날에 격식을 맞춰가면서 상을 차리는 곳이 어디 있겠는가. 그래서 매니저는 아직 젊으니 모를 것이라고 설명하고 싶었나보다.

"그러니 옆에 있는 사람은 빨리 깨워서 같이 먹자는 음식이 맞지요?"

내가 매니저 체면을 도와주기위해 거들었다.

"그러면 어디서 점심을 잡수셔야 하겠습니까?"

매니저가 물었다. 시각을 알아보니 12시가 지난 뒤였으나 많은 시간이 지나지는 않았다. 다시 말해 매니저가 밥을 먹고 왔다는 말이 틀린다는 말이다. 시내에 있다가 빨리 와서 기다렸다는 시간을 계산하면 12시 이전에 즉 식사 전에 돌아왔다는 것이 증명된 것이다.

"그래서 나랑 같이 먹자는 얘기지요?"

"물론입니다."

"물론이지요. 혼자 먹고 오라고 이야기하기는 했지만 우리
도 밥 먹고 오는 시간이 맞지 않아요."

성희가 또 매니저가 미안할까봐서 말을 아꼈다. 말 수를 아
끼는 것보다는 부드럽고 아름다운 말을 골라 우아하게 말하
는 중이었다.

"그럼, 빨리 갑시다. 시내에 갔을 때 어디서 무엇을 먹으면
좋을지 골라놓았지요?"

다시 내가 말을 추가하였다. 매니저에게 말을 시키고 싶었
다.

"감사합니다! 제가 생각해두었던 곳이 있습니다."

매니저는 미안하면서도 자랑스럽게 말을 하였다.

"아싸! 가오리~"

"예, 무슨 말씀이십니까?"

"해석 부탁합니다."

내가 성희에게 무슨 뜻인지 알려달라고 부탁하였다.

"에~ 말씀 올리지요. 그것은 한 마디로 당연하다는 뜻입니
다. 즐겁고 기쁘다는 말입니다."

"그래요? 처음 듣는데요!"

매니저는 나이가 적으니 세상 맛을 다 알지 못한다는 것을 자인하였다.

"그랬어요? 살다보니 차츰차츰 듣기도 하겠지요."

"나도 살만큼 살았다는 말이네요?"

나는 성희가 한 말에 대하여 트집을 잡는 것처럼 말을 하였다.

"자~ 스타트! 액션!"

"예, 가시지요!"

성희가 대답하자마자 나를 부둥켜안고 휠체어에 앉혔다.

"김여사님 고마워요! 자 출발~~"

"세상 사는 동안 재미있게 살아야 하는데... 아웅다웅 다투며 살아가는 것이 번거롭겠지요?"

"김여사님은 나이가 많아서 살아본 경험이 있다는 투정이네요!"

"아니, 살다보면 상황에 휩쓸려 싸우게 되지만 그럴수록 마음을 다스리면서 살아야 행복을 느끼지요!"

"역시나 답군요!"

"뭐가요?"

"대장부가 아니라 여장부요~!"

모처럼 성희와 나는 상대방의 의중을 조심스럽게 타진하면서 예의를 차리고 높인 말을 하였다.

"다시 한 번, 아싸 가오리. 리피트 중~"

나는 너무 딱딱한 분위기를 식히고 싶어서 농담 보따리를 풀어놓았다.

"구여사님! 점심은 제가 주문해도 될까요?"

성희도 너무 경직되었다고 생각하였던지 갑자기 엉뚱한 말을 꺼냈다.

"그러세요. 무조건 주문! 무조건 식사! 무조건 리필! 그리고 하나 무조건 내가 지불!"

"엥? 제가 주문한다고 했잖아요!"

드디어 로드매니저가 말문을 텄다.

"그럼. 매니저님이 알아서 주문하고, 먹는 것은 우리 모두. 그리고 주빈이 마무리! ㅎㅎㅎ"

"그럼~ 그렇지요! 처음부터 이미 결정된 것 아닌가요?"

대체로 내가 지불하던 것처럼 이번에도 내가 마무리하고 싶었다. 한국에서는 유교식으로 윗사람을 존중하며 체면이 손상하지 않도록 거들먹거리는 대신 배려하는 방식이었다.

"기념으로 건배라도 하지 않을까요?"

매니저가 밥을 먹는 도중에 긴급 제안을 하였다.

"기념이라~ 좋지요. 무조건 좋지요."

"무슨 기념이 좋을까? 김여사님 생일도 아니고, 혹시 매니저 생일?"

"아닙니다. 저도 아녜요~ 그냥 축하하는 의미에서요~"

"그냥 건배?"

"예, 그냥 건배요! 오늘도 오전 일을 무사히 마치고 밥을 먹는다는..."

"아니, 그냥이 아니네! 일을 마친 것이 기념행사가 될 만하고... 미나리를 밭에서 재배한 청정 유기농으로 인증 받았다니 기쁜 날이지요. 개발한 퓨전 음식을 먹은 기념도 좋다."

모처럼 로드매니저와 이런저런 이야기를 나누었다. 일대일로 독대는 아니더라도 셋이 모여서 같이 대화를 나눈다는 것이 바로 축하할 만한 기회로 삼았으면 좋겠다는 생각이 들었다.

생각해보니 역시 하루하루를 살아가면서 무사히 목적달성을 했다는 것이 잘한 일일 것이다. 그저 살다가 후회하지 않는 것만으로도 행복하고, 남에게 자랑할 만한 일로 남는다. 오늘이 아쉽지만 내일을 보장할 수도 없는 인생이다. 어려운 도전을 위한 노력이 더욱 필요하다는 생각이었다. 그러니 기회를 놓치지 말고 다가오는 기회를 굳게 매달아놓으면 좋겠다는 생각이었다.

"그럼 건배합시다. 매니저가 하세요!"

내가 말했다. 나이를 생각하면서 도움을 받으면서, 돈을 생각하면서, 직급이나 권위를 생각하면서 건배를 하다보면, 항상 말단이 밀리고 도움을 주는 사람은 뒷방차지가 된다.

"그럼요~ 건배하세요!"

성희도 좋은 기회라고 여기며 매니저에게 양보하였다.

"그런데 잔을 다 채워야겠지요?"

내가 매니저를 재촉하였다. 양보하다가, 나이 많은 사람에게 미루는 성격이니, 그러지 말고 빨리 건배하라고 시킨 말이었다.

"알았습니다. 그런데 잔은 어떻게~~"

"사이다? 콜라? 아무 것이든 오케이~"

"자~ 그러면 모두 잔을 채워주세요~"

매니저가 말을 하였다. 시켜서 하든 자의로 하든 건배사를 해야 하니 무슨 말이든 하는 것이 당연한 순서였다.

"잠깐, 술은 안 되나요?"

"어~~ 오늘 무슨 술이 어울리나요?"

김여사가 브레이크를 밟았다.

"왜요? 술 하면 안 되는 날인가요?"

"구여사님아! 그저, 흰 말을 시키면서 시간을 끌지 마세요?"

"그래요~ 나는 술 기분만 낼 거예요."

"그러시지요. 이 물이 바로 순하고 부드러운 드링크 술이라고 믿으시고, 자! 받으셨지요?"

드디어 매니저가 해결사 차례였다. 내가 말하는 것도 역시 마음먹기에 달려있다고 생각했었다. 그리고 실천도 그런 마음을 움직이면 만사 오케이일 것이라고 믿고 싶었다.

"정말로요? 나도 한 잔…. 근데, 무슨 브랜드입니까?"

"예, 제가 칵테일로 주문한 특제 혼합주예요."

"특제? 당연히 수제 칵테일이겠지~"

모두 합창을 하였다.

"예, 브랜드는 환상의 궁짝입니다."

"아~~ 환상의 궁짝이라니~ 짝꿍도 좋은데 환상의 궁짝이라니 정말로 궁짝이네요."

"천사와 악마의 숙적 조화! 악마를 타도하는 궁짝들!"

또 다시 들러리를 들려주었다.

"ㅎㅎㅎ 좋은가요?"

성희가 매니저의 마음을 위하여 아부를 떨었다.

"좋다 마다요!"

"자 그럼~ 먼저 선창합니다~ 후렴으로 위하여를 합창해 주세요!"

"예!"

"예!"

"술잔은 비우고 마음은 채우고 아름다운 미래를 위하여!"

"위하여~~"

"짝짝짝!!!"

건배사를 선창하고 '위하여'를 후렴하자 모두 힘찬 박수로 짝짝짝 소리를 냈다.

"감사합니다!"

"수고했습니다~"

"예, 다들 오늘도 수고 많으셨습니다."

"그런데 매니저님! '아름다운 미래를 위하여'가 마음에 드는데 어떻게 그런 말을 생각해냈어요?"

내가 들어도 멋진 단어를 만들어냈다니... 참으로 기특한 젊은 매니저였다는 생각이 들었다.

"어디서 보고 차용해온 것인가요? 아니면 창작인가요?"

다시 확인해보고 싶었다. 흔한 말인가 혹은 생전 처음 고안한 말인가 묻고 싶었던 것이다.

"앞에서 하는 술잔은 비우고 마음은 채우고가 어디서든지 가끔 들었던 것입니다. 그런데 뒤에 나오는 아름다운 미래를 위하여는 귀한 말이지요!"

"그래서요?"

성희가 말했다.

"아름다운 미래를 위하여는 누가 보아도 좋고 누가 들어도 아름답지 않은가요?"

"좋~지요!"

내가 매니저의 말을 계속하여 듣고 싶어서 맞장구를 쳤다.

"저도 마음속으로 좋다는 말을 생각해보고 있었기 때문에 궁하면 통한다고, 바로 튀어나왔지요."

"정말로요?"

누구라도 이론적으로 앞뒤가 딱딱 들어맞아서 간섭할 가치가 있었다. 그래서 물었던 것이다.

"정말이 맞고 틀림없습니다. 오늘 짬뽕을 먹고 싶어서 '아문각'에 들어가 보았습니다. 육영남 사장님에게 무슨 뜻인지 물었더니 쉽게 해설해주셨습니다."

로드매니저의 말을 듣고 나자 내가 어떤 말이라도 하지 않을 수 없었다. 벌써 몇 년 전에 발견한 글귀가 바로 '아름다운 미래를 위하여, 아름다운 사람을 위하여, 아름다운 국가를 위하여!'였다.

그러니 한 마디로 각색하면 '아름다운 문화를 가꾸는 사람들'이었다. 누구는 관심이 없어도 누구는 동의하여도 큰 문제가 될 수 없었다. 그런 문화를 만드는 사람들이라면 그저 좋고 아름다운 사람이라는 논조다. 아문각 사장은 어떻게 기발한 상호를 지었을까!

"그러니 아름다운 미래를 위하여 무엇이 필요하고 무엇을 남기겠다는 생각도 했었데요?"

내가 어려운 질문을 하였다.

"그거는 몰라도 이름이 예뻐서 사진은 찍어봤어요."

"봅시다. 어! 2층에 아문각컨설팅이, 3층에 아문각카페가!"

"멋있지요? 아담한 건물이지만 아문각 센터인 듯 하네요."

"아문각컨설팅은 누가 한데요?"

"강희곤이라는 사람이 부동산을 운영하고요, 카페는 최영규 시장이 무료로 제공한다고 들었습니다."

"영자씨! 아는 감이 있어요?"

"..."

성희가 물었지만 나는 별반 반응이 없었다.

"하긴~"

성희는 짜여진 구도라고 적지 않게 실망도 했을 법하다. 그러나 실상은 달랐다. 최영규 시장이 누구든지 와서 편히 쉬라며 자판기 커피를 부담해주었으니 아름다운 사람을 위하여 동참한 결과로 해석된다. 물론, 2층 강희곤 건물주가 무료 제공한 장소였다.

"축하해요!"

나는 더 이상 따질 의미도 없이 그저 무조건 믿으라는 주장을 대신하였다.

"예? 무슨 말씀이신지~~"

"그냥 축하 한다고요! 오늘도 수고 많았다고..."

"모든 일에 대해서 책임지시고, 완수하고, 행복한 미래를 위하여 축하한다고요!"

이어서 성희가 마무리성 발언을 하였다. 이제 다음 진도를 나가자는 투였다. 축하한다는 말은 그저 일회성이며 그저 아부성 발언일 수도 있다. 그러나 그저 그렇다는 것도 축하하고 격려하며 칭찬하는 것이 필요한 것이다. 그러면 바로 미래의 발전을 위하여 밑거름이 되는 것은 다 아는 말이다.

식사를 마치고 돌아가는 시간이 되었다. 우리들은 한동안 아무런 말을 하지 않아도 통했다. 로드 매니저는 정신을 바짝 차리고 운행을 책임지고 나갔다. 그런데 우리는 그저 식곤증에 취하여 조용해졌다. 다행이 로드 매니저는 식사 전에 미리 휴식을 취했었다.

아직까지 자기 이름을 밝히지 않고 묵묵히 수행해온 오종갑 매니저는 미래를 가꾸어가는 정신적 지주리더였다.

"여사님! 휴게소에서 쉬고 가도 되겠습니까?"

얼마나 지났을까? 고속도로를 한참 달렸다가 휴게소에 들르자고 깨웠다.

"예?"

두리번거리다보니 낯익은 도로였다. 번화한 도시가 고속도로변에 맞닿아 있다거나 큰 공장 간판을 내비치는 홍보 문구도 보였다.

"김여사님! 쉬었다 갑시다."

"예!"

"20분간 휴식!"

젊은이가 갓 제대한 것처럼 군대와 비교하는 말을 하였다.

"군대식이네요?"

"부족하다고요? 그러면 30분 정도면 되겠지요?"

성희의 말을 이어 내가 더했다.

나는 후하게 통 큰 건의를 하였다. 마치 군대처럼 명령이 아니더라도 일방 의사를 제안한 것이다. 사실 가고 오는데 10분, 매점에 가는데 5분, 휴식하는데 5분이 빠듯하다. 아니, 정말 부족한 시간이라고 믿어도 되는 시간이다.

9

휴게소에서 가는 중 긴급 뉴스가 나왔다.

"... 전투함 건조 과정에서 납품 비리가 적발되었습니다. 시가 2억 원에 해당하는 음파탐지기가 41억 원으로 부풀려 납품되었습니다. 이 납품된 장비는 불량과 부정 조작으로 인하여 사고가 발생된 후 정밀 조사가 벌어져 ..."

잠깐 들었지만 안타깝기 짝이 없다. 그것이 불량품이라니 거기다가 부정으로 조작하여 통과되었다니 참으로 통탄하지 않을 수 없다. 더구나 군사 장비이기 때문에 국민들의 안전이 보장되지 못하는 슬픈 사실이었다.

"그런데 그 금액이면 자동차가 몇 대나 되나?"

내가 타고 있는 차는 몇 대나 살 수 있는지 생각해보니 계산이 어렵다. 또 내가 타고 다니는 휠체어는 몇 대나 살 수 있는지 어림도 없는 금액이었다. 전자계산기가 아니면 계산을 할 수 없는 금액이어서 어리벙벙하였다.

"나도 몰라!"

내가 물었으나 거기에 대한 답은 김여사가 제시하였다. 그러나 정확한 답이 아니며 그저 계산하는 것도 하기 싫다는 표현이었다. 그런 부정과 거짓 조작 금액을 성스러운 삶을 비유한다면 그것도 창피하다는 생각이 들었다. 한참 주먹구구로 계산하다보면 구역질이 날 지경이었다.

"방산이 그러니 참으로 하늘이 무너질 참이다!"

성희가 유식한 말을 했다.

"아니야~ 이제라도 적발되었으니 하늘이 도운 것이야!"

"띵동땡! 영자 말이 맞다!"

"오심이 심했다! 구역질에 변해서 속이 엉망진창이었고 심판이 양심을 팔아먹었으니 오심이 겹장으로 들이닥치다니... 한심하다."

듣고 보니 결과적으로 음파탐지기가 잘못 된 단초를 제공했던 셈이었다.

"빌어먹을... 악마가 국가를 팔아먹는 불한당을 지목하여 사주시킨 결과다! 그래서 제 뱃속에 나라를 집어 쳐 넣었다니..."

성희가 오랜만에 직설적인 발언을 하고 말았다. 과격한 전

사로 태어났더라면 전쟁사에 남을 인물이었을 게다.

"대표 매국노가 조선의 대표 매국노를 이어받았겠지?"

"정말~ 북한의 김일성 조상의 묘소가 모악산에 있다. 그런데 조선의 대표 매국노 이완용은 죽은 뒤 익산의 낭산에 묻혔으니 어찌된 연유인가?"

성희가 한 마디 뱉어내면서 한숨을 쉬었다. 선량한 국민이 어디 성희뿐이겠는가. 어쩌면 로드 매니저가 군에서 제대한 지 얼마 되지 않았다면 가던 길을 멈추고 즉시 시위를 벌일지도 모르겠다.

"나쁜 사람! 나쁜 놈들!"

"나쁜 놈들! 대대손손 100배로 국가에 배상하여라!"

"매국노 명단을 올리고 천하에 알리라! 배상할 금액이 부족하면 꾸어서라도 10배로 주어라!"

우리는 한바탕 쏘아 부쳤다.

"에잇 것들…"

성희가 나를 바라보며 대답하였다.

"그중에 1%라도 나에게 조용히 주라고 말해라."

"정말? 조용히 넘어가자고?"

"아니. 내가 받으면 받은 것을 골고루 나눠 주고 싶다!"

나는 그렇게 천사 연습을 하고 싶다고 말한 것이었다.

"그것을 기부하였다고 누가 확인할 수도 없고, 믿어도 좋은지 의심해도 좋은지 세상천지가 아리송하다!"

"호호호. 그래도 나는 양심상 그렇다는 주의자다!"

"그럼 그렇다는 것을 양심선언이라도 해라. 즉시! 여기서~"

"오늘 여기서?"

내가 한 말을 증명해달라는 말을 듣고 깜짝 놀랐다. 거짓말이 아니니 즉시 양심선언을 해도 떳떳하지만, 누가 들어줄 사람도 없는 처지에서 당장 기자 브리핑이라도 하란 말인가? 조금은 당혹스러웠다.

"그럼~"

성희가 확인하는 듯 긍정을 내비쳤다.

"에이~ 나는 이미 양심선언을 외쳤다. 아마도 몇 십 년 전에~"

"쉿! 제발 조용히 해라~"

"앗 뜨거!"

"영자야, 좀 자중해라."

"미투~ 나도 내 마음을 몰라!"

내가 너무 앞섰다고 느낀 감이 들자 머릿속이 뒤죽박죽되었다.

낮말은 몰카가 듣고 밤 말은 양심이 듣는다는 말이 다시 생각났다. 그래서 나도 모르는 사이에 실수를 하였다고 느꼈다.

"매니저가 없으니 다행이다."

성희는 해야 할 후회를 내 대신하였다.

"그렇네~ 니가 밀고 다니니 매니저는 믿고 동행하겠지."

"올 때부터 그렇게 약속되었잖아?"

나의 마음을 대충은 알고 있을 것이라 생각되었다.

"그럼. 만나기 전에 약속을 알려주는 것이 순리였지."

"다행이다. 한창 갈 길이 구만린데... 험한 세상에 휩쓸려 살아가는 것이 안타깝다며 예행연습을 시켜서야 쓰겠나?"

"그러게~"

둘은 로드 매니저에게 좋은 호감을 가지고 있었다. 자원봉사자를 믿고 봉사자의 믿음을 보이는 사이로써 편안한 느낌을 주고받았다.

"그런대로 어느 정도 살았으니 이미 정리 준비를 하는 시점이 되지 않았나?"

"그렇지. 사람마다 다르겠지만 대충 그런 시기가 온 것이나 마찬가지다."

"그런데 너는 음파탐지기를 봤냐? 미래를 알아볼 수 있는 음파탐지기라면 정말 좋았을 것인데..."

122

성희가 말을 시키면서 궁금한 것을 알고 싶었나보다.

"무슨 얘기를? 내일은 무엇을 먹을지! 몇 살까지 살 것인지가 궁금해?"

뜬금없이 나온 얘기라서 되물었다. 음파탐지기라면 어군탐지기도 맞고 박쥐의 물체탐지기와도 마찬가지다. 그런데 냄새를 맡는 음파탐지기는 도통 모르겠다.

"탐지기 하나에 2억 원씩이나 된다면서~"

"응. 정말 비싸네..."

"그러면 얼마나 정밀한 부품이고 얼마나 중요한 부품인지 궁금하다!"

"나는 안다."

되레 내가 간단히 대답하였다.

"뭘 안다?"

"히히히 ~ 나는 전혀 모른다는 것을..."

"나도 안다. 너와 내가 정확한 사건 전후를 아직도 모른다는 사실을..."

"에고~ 근데나~ 세상에서 가장 정교한 부품으로만 된 장비가 있는데 그것이 잠수함이라더만~"

최근 발생한 'SS잠수함' 사건은 불의의 타격을 받았다는 언론과 정부 발표가 있었다. 처음에는 단순 사고였다고 했다가 나중에는 사고가 아니라 침범을 당해 일격을 받았다고 번복하였다. 그런데 수중폭격탄을 맞았는데 부상도 없이 말짱하게 살아났고, 사망자는 모두 익사자였다고 조사발표를 수정하였던 것이다.

"희한대단한 사건이네, 경계를 실패한 사망자는 찰과상도 없는 익사자였다니..."

"암만, 장교 출신 영자는 알지롱~"

"나는 '세상에 이런 일이'에 나와도 신기할 뿐이다."

"육군이 그것을 알아도 병~"

장교출신은 물론 일반 군에 관해서 근무해본 적이 없었던 성희 말이었다. 너무 깊이 알면 다친다는 격언이었다.

"그래! 해결을 못하면서 알고 있으면 병이 생긴다..."

"정답은 100명이나 더 타고 있었다. 그런데 모두 몰랐다는 말에 모른다는 말뿐!"

"그래, 이순신 장군이 바닷속에서 다 보셨을 것이다."

"그 중요한 음파탐지기가 그런 역할을 하지 못하고 눈뜨고 졸았다. 하나는 졸지에 한방 먹었고, 하나는 빠이빠이 돌아갔단다."

"그럼 내 숙제는 해결됐네?"

쉽게 내 마음의 깊은 응어리를 덜고 싶었다.

"살아남은 군인들이 포상을 받고, 휴가에 승진도..."

"교범과 병법을 읽어보면 경계를 하지 못해서 침몰 당했는데 어떻게 승진하겠느냐고... 양심선언과 자아비판을 하였어야 할 군인이라면 자긍심이 남아있을 것이다."

"누가?"

"방산에 검은 안경을 쓴 음파탐지기가 최악이다."

"야~ 장교답다."

"내가 아직도 장교는 아니다."

"결론적으로 장교답다니까!"

"벌써 이순이 저만큼 멀리 지나갔는데... 구식 장교가 왜 여기서 나와?"

나는 읽은 병법은 이미 지난 고전이라고 여기게 되었다. 벌써 전자전에 돌입한 상황을 감안해도 물속이라서 그 앞은 보이지 않는다.

매스컴에서 병법을 '단독 수정'했나보다. 혹시 심심풀이로 솔방울 전법을 펼쳤다는 말까기라나 알까기라나 하는 왕의 말을 그대로 믿었을지도 모르겠다. 이번에는 솔방울 하나를 바다 속에 던지면서 말하기를 '어명이다! 가서 쥐도 새도 모르게 치고 와. 들키면 살아와도 내가 죽여! 알간?' 했을 수도… 파악해보니 맞았다. '수퍼스펀지잠수함'은 거대한 솔방울에 맞은 것처럼 둔한 흔적이 보였다.

"아차! 너무 늦었나보다. 그만 돌아가자."성희가 제3자의 입장으로 매듭을 지었다.

"성희야! 냉커피 하나, 시원한 생수 하나, 아이스콘 하나, 가자~"

나는 생뚱맞게 모른척하면서 재촉하면서도 발길을 돌렸다.

10

하루 일과를 마치고 돌아오면 휴식이다. 편히 쉬는 곳이 가정이며 가족이 있는 곳이 바로 휴식처가 되는 것이다. 교회에 다닌다면 비로소 편안하며 천국으로 변하는 곳이다. 거기다가 우리의 거동을 상세히 보고해야하는 로드 매니저가 가고 나면 우리 세상이다.

"오늘 좋았지?"

두동교회에서 있었던 일을 떠올리면서 성희와 이야기를 나눴다.

"그럼~ 필드에 가서 하루를 보내니 가뿐하잖아?"

성희는 직설적인 답변이 아니라 은유적으로 한 마디는 벌써 이심전심이었나 보다. 오히려 동문서문이라는 질문을 통하여 대화를 이어갔다.

"그렇네~"

"몸 풀고 운동을 하는 것보다, 마음을 살펴보고 위로하며 배려하는 것이 내 마음도 둥둥 뜬다."

"성희야! 갚아야할 빚을 이것만으로도 벌써 벗은 듯하다!"

"종교적인 말로 치면 천사고시에서 불통이라... 감히 집사 주제에 어찌 다 갚을 성 싶냐?"

"그래, 첫 출발을 하면 그것만이라도 감사하고도 남는다."

내 말은 종교적인 사람이 아무리 노력해도 갚을 길이 없다는 진리다. 다시 말해 사람은 갚을 빚을 다 갚는 것은커녕 십분의 일지라도 갚지 못하는 미련한 미물이라는 말이다.

"영자씨! 네가 갚고 싶은 숫자는 얼마냐?"

"나는 목표를 달성하려고 노력하는 정도가 아니다."

"그렇겠지, 얼마나 가능할까 하는 것은 본인이 생각할 수 있잖아!"

"그래. 나는 숫자보다 내 성의가 중요하다고 생각했어!"

"고맙다. 네 마음을 알겠다. 어느 정도나 진도 나가냐?"

"정말 물어? 두 건에 한 건이다. 됐나?"

정답을 말하기는 어렵지만 대체로 절반의 달성을 한다면 바로 성공이라고 말해도 좋을 숫자였다.

"야~ 50%네! 사자도 겨우 20% 정도에 지나지 않는다던데…"

"그럼 나는 탁월한 사자네! 졸무리가 몰아오면 기회를 보아 리더가 한 큐에 잡는데… 숫사자를 능가하는 암사자가 등장했구나!."

비로소 내가 해야 할 일을 발견한 셈이었다. 내가 북치고 장구치는 만능 터미네이터 역할까지, 기획부터 주관은 물론 예산 조달과 최종 결과 보고까지 진행하는 내 문제로 귀결되었다.

"필드 두 건에 필요한 비용과 부수되는 조언… 정말 힘들었겠다!"

성희가 나를 위로하면서 격려성 발언을 겸하여 거들었다.

"응~ 사실은 모두 내 책임이니 필드에 나가면 오고가는 동안 항상 눈꺼풀이 졸고 있었다."

"그랬구나. 내가 다 알 수는 없어서 그저 짐작뿐이지만…"

"그래. 네 마음은 나를 이미 다 알고 있겠지만 내 마음은 너에게 전부를 전달하지는 못했어."

성희에게 항상 미안한 마음이 있으나 그저 솔직히 얘기하고 나면 벽 허물기였다.

"그랬구나. 정말 마음을 전부 줄 수는 없을 거야. 부모께도 설명하고 이해를 구할 수 없는 것이 현실이니까~"

성희도 나의 마음을 이해하고 있다는 말로 들렸다. 오히려 내가 내 마음을 다 전달해주지 못하는 것이 나의 안타까운 심정이었을 것이다.

옛날 어른들이 살아온 삶을 이야기하다보면 두꺼운 소설책으로 쓸라치면 너무 많은 책이라서 아직도 다 쓰지 못하고 죽을 것이라고 했었다.

적은 내 마음이라도 앞에 있는 죽마고우 성희에게도 설명하지 못하는 것이 바로 사람차이었나 보다.

"그런데 그 비용에 대해서는 내가 도움을 주지 못해서 지금까지 한 마디 말도 못하고 지냈다. 영자야~ 미안하다."

"미안하다고? 그런 헛소리 마라."

"너에게 무슨 부탁을 했거나 넌지시 기부금을 어쩌고 꺼낸 적도 없었잖아?"

성희도 비용 때문에 나에게 한 마디도 꺼내지 못했었던 같다.

"사실이다. 그래서 내가 미안하다는 말이다."

"뭐? 네가 미안하다고?"

"야, 기지배야! 니가 미안해 할까봐 필드에 나갈 때 너와 동행한 거다. 됐나?"

"됐다! 니가 그렇게 말하니 항상 죄를 지은 듯 답답했던 느낌이 사라지고 후련~하다."

같이 다녔던 동무의 속이 후련했다니 정작 내 마음도 후련해졌다.

"그럼 이제 오늘 결과 보고를 써야겠지?"

다시 성희가 말을 꺼냈다.

나도 늦은 시간이 되었으니 마무리를 하고 싶었다. 이제는 부담일랑 잊고 서로 사랑하는 우정과 배려하는 사랑을 쌓고 살자는 마음도 전했다.

"각설하고 오늘 세동교회는 잘 갔다는 것인지 잘못 갔다는 것인지 말 좀 해봐라."

보고하기 전에 성희의 의견을 비쳐보고 싶어졌다.

"좋았어! 사람마다 형편이 다르겠지만 시골 농촌에서는 어쨌든 도움을 주고 싶다~"

"정말 부유한 시골 노인들도 많아~ 그런데도 힘들고 노력하는 사람도 섞여 있어서 골라내는 것이 어렵지만 필요한 것은 확실해."

비용을 대지 않은 3자 입장에서는 지원이 공정하게 배부되기를 바랐었나 보다.

"자칫 잘못 골랐거나 판단이 잘못 되었다면 후회할 수도 있으나, 그런 후회는 하지 말자. 국가에서도 보편적 복지를 모토로 정했잖아."

"나도 공정하게 배부하자는 기준을 고수하고 싶다."

"그래~ 국가에서도 정했지만 실제로 집행할 상황에서는 불공평 불공정 복지가 드러나는 것이 현실이다."

"성희야! 그래서 개인이 그런 것을 찾아 지원한다면 그것이 공평하고 공정한 복지국가가 되겠지?"

"야~ 거창한 말을 듣고 보니 니가 거창한 사람이구나!"

성희는 드디어 나에게 동조를 하면서 전적으로 의존하는 듯한 말로 마무리하였을 것이다.

"그래 고맙다. 찬성해서..."

나는 대립이 아니라 항상 대화하고 타협을 논의하는 상대라고 믿었다.

"나는 네 생각에 찬성하는 것이 아니다. 그저 네가 잘 했다는 말을 한 거다."

"정말~ 기지배는 영원한 기지배다. 으이구~~"

"ㅋㅋㅋ"

"조용히 해봐. 잠시 통화 좀 하게."

"아무렴~"

성희는 조용히 자리를 떠났다. 하루에 지친 피로를 감해 줄 쌍화차를 들고 현관 밖으로 나갔다.

나는 오늘의 로드 매니저에게 매번 간략한 결과처럼 보고를 전해주고 싶었다. 본인도 오고 가는 것은 물론 필드에 갔던 목적이 궁금하니 자봉센터에서는 무어라 전달할까 궁금했을 것이다.

"매니저님~ 오늘도 수고 많았어요!"

"예, 수고는 무슨 수곱니까? 오늘 김여사님이 고생 많으셨지요! 구여사님도 고생하셨습니다."

"알았어요. 김여사에게는 대한 답례를 전달하겠습니다. 그리고 오늘 갔던 일은 잘 정했어요. 교회에서 만난 박 갑자 순자 여사님에게 전동 휠체어를 정했어요."

"고맙습니다. 감사합니다. 오늘 간 보람이 있고 제가 느낀 것도 도움을 주는 분들이 있다는 것이 바로 사랑이라고 여기고 싶습니다."

"어려운 말은 하지 맙시다."

"예예! 그럼은요."

"하하하. 자봉에게는 잘 다녀왔다는 결과보고만 하시고 목사님에는 기쁜 소식이라고만 전달해주세요."

"여부가 있겠습니까?"

"목사님에게는 항상 다음날 만나 구체적인 사항을 논의하니까요."

"오늘 저의 실적 보고서를 잘 평가해주셔서 감사합니다."

"에궁~ 그만 끊겠습니다."

"예! 안녕히 주무십시오. 여독이 생기지 않도록 피로를 말끔히 씻어버리시기를 기원합니다."

"고마워요. 다음에 다시 봅시다."

"참! 그런데 오늘이 몇 번째 성공이십니까? 제가 동행한 것만 해도 열세 번이 넘었는데요."

로드매니저도 궁금할 것이 없겠는가. 모든 일을 기록해주었다가는 고객의 기밀을 캐는 범죄로 남을 것이다.

"그래요? 내가 몇 번인지도 모르는데요!"

"알았습니다. 묻지 말라는 말씀이시군요!"

"정말로 내가 모른다니까!"

전화를 하는 동안 이리저리 왔다갔다 하면서 다리를 쭉 뻗어보았다. 나는 진실로 숫자를 세어보면서 실리를 따지지는 않았다. 지난 일을 따지고 싶다면 거래처에서 알아보면 정확할 것이다. 전부 계산해보면 얼마나 들어갔는지 알 수가 있는 방법이기도 하다.

"그럼~ 해브유어 투나잇."

"예, 안녕히 주무십시오."

통화가 끝나고 다시 목사님에게 전화를 걸었다.

"목사님! 바쁘시지요?"

"아예! 구권사님 오늘도 수고 많으셨지요?"

"예, 김권사하고 익산에 다녀왔습니다."

"매니저는요?"

"매니저는 없어도 되는데 자봉의 체면 때문에 자주 동행하는 매니저가 따라왔었습니다."

"예~ 먼 길에…"

"예, 세동교회를 찾아봤습니다."

"그 유명한 두동교회요?"

"유명하다마다요. 그러나 요즘은 시골이라서 사람이 없어요."

"쯔쯔쯔 안타깝네요."

"그래서 거기에서 한 명을 정했습니다. 전동으로요."

"축하합니다. 좋은 일을 하셨으니 천국행 티켓이지요!"

"조만간 인적사항과 금액을 보내드리겠습니다."

"아멘"

목사님은 사무적인 대화를 나누었다. 하고 싶은 말이 많다고 하더라도 간단하면서 밤 말은 쥐가 아니 도청이 듣지 못하도록 빨리 끝냈다. 한두 번 일도 아니고…

"아멘"

나도 화답하고 전화를 끊었다.

전국 시도에 담당하는 지부를 두지 않고 익산에서 직접 배송하는 시스템이다. 장비 메이커가 있고, 전국의 장애인을 상대로 개최하는 '거북이말아톤'을 주최하는 단체도 익산에 있다.

언제 어디서든 누군가가 더할 수고를 줄이는 방안은 다다익선이 맞을 것이다.

11

"딩동~ 뎅동~ "

"아니, 왜 현관 밖으로 나갔다니?"

"조용히 생각을 해봤어."

성희가 심각한 듯한 표정을 보여주었다.

"조용한 생각이라니! 나 보고 조용히 숙제나 하라고?"

"그거야 그거지. 그런데 왜 매니저는 계속 데리고 다니는지 궁금하다."

"인연! 길다. 길어~"

오늘은 이만 끝내자고 말하고 싶었다.

"나 보다 더 긴 인연이라고?"

성희가 계속 이야기하는 마음이었나 보다. 그것도 다음으로 미루지 말고 바로 결론을 내자는 투였다. 하긴, 다음일은 사람이 어떻게 될지 모르니 내일 내일하면서 예약하는 것을 말하는 것이 바람직하지는 않다.

"아이고~ 기지배! 알았다. 다음에 하자고 미루고 싶었는데... 결국 실토해야 되겠네."

"처음부터 쭈~ 우욱 자초지종을 부~탁해요."

성희가 자초지종을 알고 싶었나보다.

"어렵겠구나~ 기억을 뒤집어보자. 순서대로 끄집어내야 하다니 정말~ "

"흐흐흐. 그럼 많이 봐주겠다. 되는대로~ 생각나는 대로~ 이실직고 하렸다!"

"네가 원흉이다. 대학을 졸업하고 바로 떠난다고 말했잖아. 떠난 그날이 내 마음에 불을 붙였었다."

"그래서! 보은이 아니라고?"

"보은은 무슨 보은! 은보하면 몰라도… 나도 바로 떠나려 했었다. 그러나 나는 다음 목적을 정하지 못하다가 머뭇거리고 말았다."

"응~ 지각생이었구나."

"나는 다시 경찰간부후보생 37기로 들어갔다. 철학이 무엇인지 잘 몰라서 현실을 알아보자고 응시한 것이었다."

내가 철학과를 마치고 현실에 적응하지 못하다가, 행동이 실전에 뛰어들었던 것이다. 경찰 간부로 임관 하고나서 힘찬 생활을 다짐하였지만 내가 원하는 세상이 아니었나보다.

첫 부임지는 고향이었고, 기양천에 수상한 학생이 있다는 첩보가 들어왔다. 삽 하나로 천변에 활주로를 만드는 고등학생이었다. 개요는 월북하려고 찾아올 비행기를 위해 노력한다는 조병승이라는 젊은이였다. 수사를 마쳐보니 그게 아니라 순수한 꿈이라는 버킷리스트였다. 무죄로 풀린 학생은 커서 항공운항과 교수직을 벗고 지금도 개인 비행장을 꿈꾼다고 하더라.

나는 다시 군에 대한 동경이 일었다. 어렵고 힘든 과정을 거치면서 갈 길을 찾아 헌병에 편입되었다. 경찰과 비슷한 역할이라서, 어렵지만 그래도 할 만한 생활이라고 판단하였다.

그러나 내가 원하는 직무는 치안계통이 아니라 아버지처럼 보병이어서, 목숨 걸고 전과되기를 원했으며 최종 목표를 달성한 길이었다. 파란만장한 삶이라고 말할 수 있는 길이었다. 그렇게 좋아하던 경찰이 되었으나 즉시 걷어찼고, 힘들게 군 장교의 길을 소망하였다니, 참으로 일복이 많은 사람이었을 것이다.

"보병 중대장이 되어서 만난 사람이 있었다. 초등학교 동창 중에 부사관으로 있는 사람. 당사자는 중대장에 여자가 왔다니 얼마나 신기롭고 애처로우며 지대한 관심의 대상이었을까! 아마도 나를 본 사람들은 신상을 꿰차고 있었을 것이고..."

"어? 정말? 누구야?"

"누구는 누구? 다 아는 작고 빠른 선수."

"고재필?"

"아니, 다른 선수!"

"오잉! 이강원?"

성희는 물론 학교 동창이라면 모두 알 만한 사람이었다. 그래서 즉각 거명한 것이었다.

"고럼~ 웅변도 잘하던 이강원!"

"그랬구나!~ 옛날은 던지고 뛰는 것밖에 할 것이 없어서 선수도 경쟁이 심했지!"

"그러나 나는 계속하여 같이 근무할 수가 없었어. 이런저런 핑계와 차일피일 미루는 명령을 지시하지 못하면 끝장이라고 판단되자 결론을 내려야 했었다."

내가 내린 판단이 잘못되었는지 모르지만 그래도 잘 했다고 믿고 싶었다. 동창이 마음의 상처를 받기 전에 내가 내려야할 순간이라고 느꼈다.

"그럼! 그것이 바로 군인정신이다."

성희는 의심하지 않고 바로 동조를 보였다.

"결단은 어렵더라도 신속 그러나 솔로몬의 지혜로 명료한 판단을 내려야 했다."

"그럼! 그것이 명 지휘관이다. 마치 이순신 장군처럼..."

"두고 두고 후회하지 않을 각오로 판단을 내리는 것이 대의 명분을 위하여 내가 희생하는 자세라고 본다."

나는 동조를 기대할 수밖에 없었다. 과거 일이지만 많은 사람들과 같은 솥 밥을 먹었는데도 홀로 자랐고, 고독한 청년과

정년을 보낸 사람이었다.

"응~ 그랬었구나.~ 내가 미처 발견하지 못한 네 처신에 대하여 동의하고 재청까지 박수를 보낸다."

또 한 번 나를 위로하는 말을 하였다.

"아~ 서운하다. 나 스스로는 나의 포부에 대해서 미련이 남아서 무척 슬프다."

"그렇겠지! 사람이 살다보면 모든 것이 내 생각대로 되는 것이 있겠나?"

이강원은 그 후로 만난 적은 없다. 그리고 나중에 만나보자는 말을 남기지도 않았다. 상호간 체면과 각자의 자존심을 세워주면서 다투지 않고 살아가는 것이 좋은 방법 중의 하나라는 것을 알고 있었다.

"그렇게 다시 만나지 않았다는데 긴 세월을 어떻게 살았는지 정말 궁금하다."

"물론 그 애의 근황을 알지 못한다. 물어보는 일도 없었다."

"그럼~ 그렇지. 그런데 궁금한 것은 그 후 네가 어떻게 지냈는지가 궁금하다고~"

성희는 초등학교 동창이야기를 물었으나 내가 끝내자고 하니 이번에는 나에 대하여 궁금하다고 보따리를 풀어보라고 재촉하였다.

"김여사님! 자꾸 집요하네! 대답해주지 않았다고 꼬치꼬치 따지고~"

"아닙니다.~ 그저 대충 알고 있으니 다음은 어떻게 살았는지 네 말을 듣고 싶다고요."

"정말~ 좋아! 그래서 나는 곧 이어 퇴직신청을 하였고, 미련이 남아 있어서 군무원으로 일하고 싶다며 신청하였다."

같이 다녔던 시절을 지나 어른이 되어 일상을 회고해보니 변화무쌍이었다.

"오잉~ 희망과 도전, 그리고 성취를 넘어 새로운 목표를 위한 재도전! 의지의 한국인이구나!"

"생각해보니 정말 그랬다. 내가 생각해도 희망과 도전, 그리고 응전, 목표를 향한 열정이었나 보다."

"과연 군인의 자식! 의리의 여장부! 내 소꿉놀이 짝꿍!"

"고맙다. 나를 버리지 않고 기억하다니."

"ㅋㅋㅋ~ 버리지 않고 기억하다니? 나는 미치지 않으려고 지난 과거를 이미 다 버렸었는데…"

"맞다. 사람은 기억을 접어 버리다가 필요하면 잠시 떠올리는 것이 인생이다."

사실 나는 남이 생각하지 않았던 분야를 찾아 도전을 즐긴 결과였다. 그러나 뒤집어보니 그렇고 그런 것이 인생이며 무슨 일이라도 한 번 더 생각해보고 도전하는 것이 숨어있는 기회였을지도 모르겠다.

문사철 출신이 생각해 보아도, '철학이 무엇인가!'라는 미처 못다 푼 숙제 문제로 남았다. 내가 얼마나 오래 살았는가? 내가 어떻게 살았는가? 하는 숙제를 쳐다보면 아직도 머리가 띵하다.

"필요할 때면 억지로 기억을 떠올린다고? 그러면 내가 기회주의자냐?"

성희가 나에게 따지는 것은 화를 내면서 싸울 일이 생겼다는 것이 아님은 안다. 지금까지 성희는 국면을 바꾸고 싶으면 화제를 만들었었다. 알았으니 이제 다른 말을 하자는 투였다.

"아니~ 그저 그것이 인생이라고! 지금처럼 네가 나를 따지고 있으니 그것이 바로 기회를 만들어 찾아내는 것에 지나지 않다."

"그렇지! 그 말이 맞다."

"나도 그래. 성희씨에게 동의한다. 그럼 됐지?"

"그럼, 내가 집에 가야된다고?"

"아니~ 늦었으니 절대로 가지 말라고~"

"알았다. 내가 인심 쏜다. 오늘은 이제 자고 내일은 세세한 스케줄을 세워주고..."

"오케이~"

사실 성희가 일정 스케줄을 세워준 적이 없다. 물론 이제부터라도 내 대신 기획서를 작성해준다는 기대할 것도 없다. 모든 것은 내 일정이고 다만 동행할 정도라면 공동 일정 계획을 세울 수는 있겠다. 이것이 바로 인생이다.

나의 삶을 살아줄 사람은 없다. 과거 지난 삶도 살아준 사람도 없다. 그저 관심을 주면서 필요할 때에는 도움을 주는 사람도 있다. 부모님도 나의 삶을 살아주시지는 않는다. 부모님의 기대와 삶의 예측 결과가 항상 맞아들지 않기 때문이다.

언제 어디서 닥치는 삶이 어떤 극복 예상치를 만족시킬 수 있는지도 모르는 일이다. 나도 겪어봐야 비로소 삶이 어떤 것인지 알 것이고, 추억도 후회뿐이라고 느낄 것이다.

12

"댕그렁 떵그러웅 땡 댕그렁 떵그러웅 땡"

조용한 알람이 나지막이 울렸다. 예전에는 정시가 되면 괘종시계에서 울리기도 하였고 뻐꾸기 얼굴도 보여주었는데, 요즘에는 간편한 시계가 등장한 후 큰 변화가 왔다.

"지지배야~ 무슨 알림이 왔나? 지지배 지지배도 아니고~"

성희가 잠을 깬 것에 대한 불만인지 더 자고 싶다는 의사인지도 모르겠다. 들리지 않을 정도로 혼잣말을 건넸다.

"아니요, 나 혼자 일어나라고 깨운 심부름꾼이지요."

깨우고 싶지 않으니 더 자고 싶으면 자라는 말을 하던 참이었다. 그러나 나이 먹은 주제에 옆에서 깨웠는데 어떻게 참아내며 더 잘 수 있는지 알 수 있는 방법도 없다. 그저 미안할 뿐이다.

"아니~ 나에게 무슨 심부름을 보낸다고?"

시비를 가리는 듯한 말을 던졌다.

"나도 미안~ 더 자고 싶은데 누가 깨웠다는 말이다!"

성희에게 이제 일어나라는 말은 하고 싶지 않았다.

"알았어. 강제로 깨운 것이 아니라 그저 습관적으로 울리는 알람이었다고 변명해봐도 결론은 같다."

"미투~ 그럼 더 자볼까?"

나도 이미 깨어났지만 눈두덩을 편히 쉬어주고 싶었다. 그러나 잠도 오지 않는 초로의 전조증인지도 모르겠다.

"천만의 말씀! 이제 어떻게 더 자라고~"

"그럼 말고..."

"모닝 커피는?"

성희는 커피를 즐기는 여인이라는 증거를 비쳤다.

"셀프~"

나는 상대의 커피 취향을 알지 못한다. 내가 즐기는 품종도 불문가지, 그저 닥치는 대로다. 그래서 틀린 커피 맛을 맞춰 내는 얼토당토않은 기술이다.

"마음대로 셀프! 다행이다. 나는 블랙을 원한다."

"그게 무슨 말인고?"

"나는 블랙을 억지로 마신다고!"

"성희는 역시 부지런하구나. 내 입에는 오로지 팩 다커가 최고다."

"알지! 내가 눈만 뜨면 바로 다방커피 마니아~"

성희는 자기가 그런대로 부지런하게 살았다고 말하고 싶었나보다.

"천만의 말씀~ 니가 부지런한 것이 아니고 블랙이 너를 찾아다니는 것을 보면 부지런 떠는 커피라는 증거다."

물론 내 나이와 비슷한 처지는 그저 목구멍에 풀칠이라도 하려고 배운 그대로 실천하는 사람들이다. 이른바 베이비붐에 태어난 운명의 사람이라 어쩔 수 없으니 부지런을 떨 수밖에 없었다.

요즘 커피를 마시는 것도 사실 사치다. 수입하여 만든 호기품이라던데 어찌 그것을 마시는 법을 익혔는가. 그것도 마니아라니!

"그럼 너는 무엇을 마실래?"

"나는 그저 자유 셀프!"

내가 커피에 대한 선택권을 포기하였다. 예전 중독된 바나나우유를 그리워한다. 그러면서도 가능하면 마시지 않으려고 노력하는 중이다. 이른바 나이와 변하는 식품에 따라서 적응하는 편이라서 이제는 바나나맛 우유를 좋아한다는 말도 접어 두고 싶었다.

"자유 셀프라~ 그럼 올 프리!"

성희가 말을 건넸다.

"알지? 커피도 마시고 반찬도 먹다가 우유에 말아먹고 음료수도 마시고 마음대로. 그러다 싫어지면 하나도 먹지 않는 것도 내 맘이다."

"육식도? 한국 사람이라면서 채식이 주가 아니냐?"

"나는 의도적인 올 잡식이다. 고기도 먹고 덜 익은 고기를 억지로라도 먹는다. 아버지를 잊고 싶어서~"

나는 채식주의자가 아니다. 그러나 대체로 소박한 음식을 우선으로 친다.

"그렇지~ 그러나 단 한 가지 거역하지 못하는 것! 군인이 었던 아버지를 잊지 못하는 것이 바로 네 운명이었나 보다."

성희는 나에 대한 과거를 어느 정도는 알고 있었을 것이다. 그것이 바로 죽마고우다. 좋으나 싫으나, 좋아하거나 싫어하 거나 거역하지 못하는 신세다. 때에 따라 나를 위로하고 때에 따라 나를 핀잔하면서 분위기를 돌려주는 센스 쟁이다.

그러나 아버지에 대한 속맘을 알지 못하는 내가, 슬픈 회한 을 위로하거나 슬픔을 덜어주는 효녀가 되는 방법을 알겠는 가? 죽을 때까지 잊을 수 없는 것이 부모의 슬픔이다. 돌아보 면 그것이 인지상정이며, 아무리 늙었다고 하더라도 어린 자 식뿐임을 아는 사람이 모두 같은 처지이다.

나이가 들면서 아버지의 고통을 알만해졌다. 당사자가 아 니면 고통을 분담할 수 없는 것이 진실이다. 그저 같이 겪어 본 사람이 아니면 이해하지 못하는 것 즉 자신의 입장을 해명 하는 변명에 지나지 않는다.

"아버지가 군인이었다니 어떤 아버지였을까?"

무슨 말이든 하자며 트집을 잡았다.

"군인! 무슨 설명이 필요할까? 상이군인!"

아버지는 나에게 자상한 아빠였다. 일찍부터 일하시고, 휴식이 오면 바로 나를 찾아 놀아주는 모범 가장이었다고 기억한다. 나에게 욕하거나 손매로 때리시는 일도 없었다. 그러나 밖에서 가끔 다투고 욕지거리를 하곤 하셨다. 물론 나는 그런 일을 전혀 눈치 채지 못하고, 그저 아버지를 기억에 담아두며 생각할 수밖에 없었다.

그런 아버지는 한쪽 다리가 짧아서 걸음자세가 현격히 차이가 났다. 지금 생각해보니 상이군인이었다. 전쟁이 끝난 후라 많은 사람들이 꺼려했다. 안타깝고 불쌍하다고 생각하더라도 만나는 지체 불구자가 너무 많고, 방문하면서 강제 모금을 요구하였기에 기피하는 사람들이 늘었다. 동족상잔의 슬픔이 공존하는 사람들 사이에서 자신을 돌보기조차 버거운 상태였으니…

그런 아버지는 내게 무섭지 않았고, 믿고 의지하는 가족이며 동반자이며, 책임져주시는 보호자일 뿐이다. 나는 그런 상이군인이라든지 거동이 불편한 불구자라는 사실을 인지하지 못했었다. 그것도 단지 그런 아버지가 바로 그렇게 사는 사람이라는 정도였다. 이런저런 상황을 파악하고 아버지와 나의 처지를 알게 된 시점은 10살에 초등학교 들어간 뒤부터다.

"야~ 왜 이래? 신파극을 상영하듯이..."

성희가 무슨 일이 있느냐는 것처럼 물었다. 한참동안 아무 말도 하지 않았는데 눈시울이 젖었으며 눈물이 방울방울 떨어지고 있었다. 나 혼자 잠기던 회상이 당사자에게 찾아와서 아프게 만들었나보다. 내가 잊고자 노력하였지만 그렇지 못하고 찾아오는 슬픔이 견디지 못하게 흔들었다.

"왜? 무슨 일이라니!"

내가 반대로 물었던 것이다.

"무슨 일? 내가 너에게 묻는 말이다!"

성희가 구체적으로 물었다.

"나는 잠시 회상에 잠겨있었다."

"그러면 내가 너를 아프게 만들었구나."

"나를 아프게 만든 것이 아니라 엄연한 사실인데, 내가 아버지를 아프게 만들었나봐."

전쟁을 겪어본 사람이 아니면서, 철부지 어린 아이 주제에 어찌 전쟁터를 누비던 아버지의 마음을 헤아릴 수 있겠나? 책을 보아도 모르고 영상으로 보아도 모르는 숨은 이면이 있다. 목숨을 나눈 전우라 하더라도 가치관이 달라서 느끼는 감정도 다르다는 진실이 숨어있다. 치부를 내놓고 반복하여 광고하지 않는다면 영영 드러나지 않는 비밀이 남는다는 법칙도 있다.

"내 아버지는 왼손이 없었다."

성희가 자신의 아버지에 대해 처음으로 전해주었다.

"그러셨구나! 전장에서 살아 돌아온 사람이라면 어떤 증거라도 있어야 한다."

"물어도 아프지 않고 건드려도 쓰리지 않고 꿋꿋하게 살아가는 사람이 모범 답안이다."

"미투! 내가 더 이상 덧붙이지 않아도 돼. 육체의 상처가 아니라 마음의 상처도 아픈 상처라는 사실이니까!"

성희가 말한 것처럼 꿋꿋한 삶이라는 것은 절망하지 말고 긍정적으로 국난을 이겨내자는 주장이었다. 미처 알지 못했었던 아픔을 한 마디라도 듣고 나면 그대로 밀려오는 영상이 그려진다. 그런 상처를 보듬어준 사람은 같이 느끼며 울고 웃어줄 수 있는 사람이 위대하다.

"아버지는 절뚝거리는 것을 애써 참으며 보이지 않고 싶으셨겠지. 그래서 발목을 두 개나 끼고 당당히 걸으셨다. 아무리 노력해도 숨길 수없는 상황이며, 어쩔 수없이 티가 드러날 뿐이다."

"그렇지! 엄연한 사실을 숨길 필요도 없다니까!"

"그런데 아버지는 그것을 숨기고 싶은 것이 아니라 그런 마음을 숨기고 싶으셨다."

"그렇군. 영자가 아버지의 마음을 헤아리다니 대견하다!"

성희가 칭찬하면서 위로를 더했다.

"나는 그런 것을 알기까지는 많은 시간이 지났고 많은 세월을 지난 후에야 느낄 수 있었다."

"그랬었구나~"

성희는 나의 마음을 쳐다보면서 내 눈치를 살폈다. 대화 도중에도 밀고 당기는 작전이 필요하다. 그것은 대화의 시초이면서 이어지는 기술로 중요한 요소이기도 하다. 말을 들으면서 다음 말을 적당하게 뜸들이기 손질하는 중이었다.

"내 아버지는 의수에 의존하셨어."

"물론 현재 수준은 아니었지만 그것도 필요했었지. 걷고 뛰면서 어디든지 가고 싶은 곳을 갈 수 있는 것이 다행이다."

"지금처럼 손 모양을 갖춘 의수가 아니라 그저 철사 쪼가리로 만든 기이한 의수였다. 그것도 행복이라면 고된 삶의 일부 중에서 얻은 행복이다."

나의 슬픔을 위로하면서 나에게 비하면 자기가 더 많이 가진 행복이라는 명제를 나누고 싶었나보다.

"그래~ 그렇겠지! 이해해주어 고맙다."

내가 맞장구를 쳤다. 나의 신세를 돌아보면 그저 불쌍하고 가련한 아이였을 것이다. 아니라고 부정해 보아도 절대로 돌이킬 수 없는 과거의 기억이 새록새록 솟아날 것이다. 사실을 넘어 진실이라고 찾아오는 삶의 증거이다.

"내가 아버지의 마음을 알까 모를까 헤아릴 쯤에 아버지가 돌아가셨다. 졸지에 갑작스레..."

"저런! 안타깝구나!"

"아버지가 오랜만에 아니 처음으로 가족과 함께 나드리를 한 날이었다. "

아버지는 교통사고 때문에 돌아가신 직접 요인은 아니었다. 그 전부터 내가 아버지에게 왜 이렇게 많은 술을 마시냐고 물었다. 그러자 아버지가 눈물을 흘리면서 술을 즐겨 먹었으니 자녀에게 미안하다고 굽실거리시면서 절절한 이야기를 전해주셨다.

아버지는 상처를 부여안고 마신 술이 아니라, 마음에 남은 상처가 심해서 술을 부을 수밖에 없는 속병이었다. 찾아오는 동료, 죽어가는 전우를 어찌지 못하고 그냥 전진에 전진만 거듭하다보니 눈에 어른거렸다.

전우는 자기를 잊어버리고 용감한 군인이 되라고 부탁하기도 하고, 자신을 버리지 말고 부디 목숨을 구해달라고 애원하기도 하며, 자기는 이미 늦었으니 그 대신 다른 전우들이라도 살아갈 생각을 해보라고 전해주던 친구도 있었다.

그러니 어찌 잊고 나 혼자 살아갈 것인가, 이런 사람이 제대로 성한 정신이겠는가? 일상에 돌아오고 보니, 아우성을 치다가 격려를 하다가 원망하다가 소리 없이 밤마다 찾아오는 전우가 한두 명이 아니었다. 죽어가던 전우가 그곳에서 그냥 죽었을까? 내가 그곳에 가서 찾아올 수 있을까? 심한 상처를 부여안고 그곳에서 숨었다가 다시 몰아친 포격에 더 큰 상처를 받아 죽었을까? 사람의 생각으로는 도저히 상상조차 할 수 없는 사실이었다. 그래서 그저 술에 취해서 하룻밤 잠을 청할 수밖에 없다. 피눈물 나는 고난이었다.

아버지는 술 때문에 신장과 간에 극심한 병만 처졌다. 이른바 현대병의 지존인 당뇨도 빼놓지 못하고 안고 사셨다. 교통사고를 당하다가 지병이 겹쳐져서 열흘 만에 돌아가시고 말았다. 사고 후유증이 더 맞는 말인지도 몰랐다.

"미안하다! 내가 주책이 없어 이런 말을 시켰으니~ 정말 미안하다."

말을 듣다가 고개를 쳐다보니 성희는 숙연해지면서 눈물

을 훔쳐냈다.

"아니~그저 사실을 대충 말한 것이니 전혀 신경을 쓰지 마라!"

"하긴~ 본인이 누구에게 물어보냐고 묻는 것도 아니고, 누가 광고를 내냐고 따지는 것도 아니다!"

성희는 나에게 위로하며 눈치를 봐가면서 동조하는 듯 말을 이었다.

"그런데... 네 아버지가 돌아가셨다는데... 학교 다닐 때도 돌보아주셨잖아?"

나와 아는 상황을 대충 쥐어 짜낸 가상 소설이었다. 그러나 그 소설은 가상이 아니라 진짜 진실이었다.

아버지는 돌아가셨지만 대신하여 나를 길러주신 분은 작은아버지셨다. 아버지와 나는 작은아버지의 딸을 데리고 나드리를 떠났다. 그러다가 사고를 당했을 때 작은아버지의 딸이 죽고 말았다. 학교에 들어가서 겨우 3학년이 되자 따뜻한 봄날 엄청난 사건이 한꺼번에 밀려온 일이었다. 아버지의 슬픔을 위로하려다가 전혀 신경 쓸 여력이 없어졌다. 아니, 기다리면 기회가 오지 않는다는 진실이 뼈저린 실감이 엄습하였다.

"작은아버지는 경찰이셨다. 그러다가 딸이 입학한 8살 때 사고로 죽자 경찰을 자진 퇴직하고 농사에 매달렸다. 열심히 일하면, 부지런히 일하면 고통과 마음의 상처를 잊을까 하여 자청한 일이었다. 그리고 나를 자기의 딸 대신 믿고 의지하며 전혀 구김이 없도록 가르치겠다고 공언하기도 하였다."

"그런 일이 있었구나!"

내가 자세한 일을 이야기하지 않았기 때문에 단짝이었던 성희도 그런 내 맘을 알아채지는 못했을 것이다. 성인이 되어서도 자기의 비밀이 있는가 하면 어쩔 수 없더라도 숨겨야 하는 비밀도 하나씩은 있을 것이다. 이것이 고달픈 인생의 삶이요 운명이다.

"이제 뒤집어 보이고 있네!"

"영자야~~ 그만해!"

성희는 나를 위로하는 것이 아니라 바로 자신을 위로하는 단계로 올라갔다. 그러자 성희의 얼굴에 눈물이 마르기 전에 다시 주르르 흘러내렸다. 이제 그만 그칠 것도 없다. 실토하였는데 어떻게 소급하여 멈추란 말이냐. 타임머신을 타고 돌아가는 비결이라도 있었으면 될 것인가!

"내가 무슨 수로 소급하여 되돌릴 수 있겠나?"

성희의 말을 들었지만 나는 마른 눈물이 하염없이 흘러내렸다.

"그렇지, 지난 과거는 돌이킬 수 없는 현실이다. 절대로 부정할 수 없어서 누가 봐도 확실한 현실로 남고 만다."

성희도 나를 이해하는 듯, 현실을 수긍하는 자세를 보였다. 어쩔 수 없는 삶이 호시탐탐 우리를 엿보다가 기회를 잡으면 반드시 불청객으로 방문한다. 악마의 심부름꾼이 엿보다가 어김없이 포착하는 기술자였을 것이다. 호사다마를 예방하는 것이 최선의 방책이다.

"나는 아버지를 잊지 않고 살아야 착한 아이가 될 것이다. 그러나 오랜 세월이 지나자 나는 무심한 불효자가 되면서 점점 무뎌져갔다."

"세월! 세월을 원망하거나 한탄한다고 해서 천하의 효녀가 되겠느냐? 새까맣게 잊어도 효녀는 효녀일 뿐이다."

위로하는 성희가 말했다.

"그럼 내가 효녀라고?"

"응~ 내가 대변해주는 효녀 중의 으뜸 효녀다."

"그럴 리가. 점점 아버지를 외면하고 살았던 주제에 효녀라니!"

내가 한참 생각해보니 불효녀가 틀림없었다.

"틀렸어. 네가 아니라 내가 불효녀다."

성희가 학교 다닐 때 보면 소문난 효녀였고, 착하고 여린 아이였었는데 본인이 부정하다니 믿기지 않았다.

"무슨 말이야? 네가 동네에서 소문난 효녀라고 똑똑히 보고 있었는데..."

"그것은 인정해. 그러나 누구든지 살아가면서 착하게 살자고 다짐하였지만 나도 모르는 사이에 벗어나기 일쑤다. 타인이 보면 항상 불만과 불평이 들어나게 되어 정말 진실한 효자 효녀가 없다는 말이 있잖아."

성희가 사람 도리에 관한 정답이 없다는 주장을 한 셈이다. 듣고 보니 어차피 실수투성이 사람이니 나도 할 말이 없다.

"하긴 완벽한 사람이 없는 것이 참이니 그러겠지."

내가 말을 해주고 싶어도 할 말이 없는 격이다.

"참사람은 없다. 그러나 사람 외에 새도 참새가 있고 깨도 참깨가 있단다."

성희가 말을 꼬아 분위기를 살려보자는 말이었다.

"참새뿐이냐! 참깨뿐이냐? 나무도 참나무가 있고 빗에도 참빗이 있다. 게도 참게가 있으며 참외, 참붕어, 참미나리, 참치, 참조기, 참가자미 등등 아! 숨이 차다. 그 중에서도 참복이 바로 참복이다. 그것은 원하는 복이 아니라 베풀어주시는

복이 참복이요 신이 주신 진실이라는 말이다."

따지고 보면 철학과 출신이면서도 진실이 어렵다는 생각이 들었다. 사람보다 자연스럽게 참이라는 이름이 붙은 생물에 경외가 느껴진다.

성희는 철학을 배우지 않았으나 항상 맞는 말만 하는 사람이었다. 다른 말로 바꾸면 올바른 사람의 도리를 알고 행동한다는 사람이었다.

어쩌면 슬픈 이력 때문에 주변 사람과 어울리다가 창조적 사고를 도출하는 것이 영 꺼렸을지도 모르겠다.

"그래서 나도 새롭게 각오를 했었어. 작은아버지와 작은어머니에 대한 효가 바로 돌아가신 아버지에 대한 효도라고 믿은 것이라고..."

"따봉~"

"그 후 나는 새아버지의 호적에 올리지 않았으나 아버지에 대한 추억을 돋우며 작은아버지에 대한 효도를 에둘러 살펴 드렸다."

"네가 표현은 그랬지만 따져보면 냉철하게 그리고 철저하고 확실한 효도를 하였다고 믿는다."

성희가 다시 띄워주었다. 믿는 믿음이 바로 돌아오는 메아리일 것이다. 그러니 항상 성희를 믿었고 미래도 믿음을 맡길

만한 친구라고 여겼다.

"내가 너를 어떻게 믿을 것이냐~ 그러니 너도 나를 어떻게 믿겠느냐고? 그저 그렇다고 믿고 싶었겠지!"

내 말은 성희에게 자만하지 말라고 경고하는 말이었다. 만약 성희가 자존심 덩어리로 뭉쳐 만든 사람이라면, 그것도 옳지 않은 사람이라고 손가락질을 받을까봐 주의를 주고 싶었다. 그저 양심으로 따져서 옳은 일이라고 생각되면 그대로 살아야 옳은 사람이라는 말을 들을 수 있을 것이다.

"그 애는 이름이 무엇이었는데?"

성희는 작은아버지의 딸 이름을 물어보았다.

"응~ 구영랑!"

"이름도 듣기 좋고 영특한 아이 같은 뉘앙스네!"

"그러나 내 입장에서는 다시 올리지 않도록 열심히 살고 싶었다."

"그렇구나! 아버지께서 항상 올리는 딸의 이름이나 겉으로 절대로 내놓지 못하고 가슴으로만 불렀을 게다. 평생 잊지 못할 이름이면서도..."

"그렇지. 그래서 나는 영랑이가 다시 오르내리지 않도록 두 몫을 노력했어. 혹시 저지른 잘못 때문에 영랑이가 생각나고, 너무 튀어나게 칭찬을 받을만하면 그것도 영랑이를 떠올릴

법한 딸이었으니... 그것이 너무 어려웠더라."

사실 나는 영랑이의 부모님을 흡족하시도록 보필하지는 못했다. 그것이 잘해도 그렇고 잘못해도 그렇고 그런 어려운 환경이었을 것이다.

"글쎄~ 어린 아이 주제에 그런 막중한 일을 감당했다니 전혀 생각하지 못했던 일이었는데 정말 내가 부끄럽다!"

"딸의 입장에서도 부모님께 걱정 끼치지 않도록 처신하는 것이 정말 설상가상이 번갈아 찾아왔었다."

"아이에게 그런 일이 있었다니! 정말 가혹한 일이었구나."

성희는 자신의 속마음을 비치지 않았지만, 두고 보니 나의 과거를 인정하면서 새로 정립하는 결론에 이른 것이었다.

"그러나 그것도 나에게는 행복이라고 믿으면서 굳이 아니라고 부정하지는 않았다."

내 삶이 불평과 불만으로 겹겹이 벌어진 일뿐이라고 믿지는 않았다. 지금까지 살고 있다는 것만 해도 다행이라고, 큰 눈을 뜨고 확대해보면 이것만도 행복에 겨워 불평만을 따진다는 것을 싫어했었다.

"응~ 그렇고 보니 각자의 입장에서 일어난 일이 모두 다른 각도로 찾아오는 삶이라고 판단되겠구나. 한 마디로 계산하면 바로 가치관 차이를 진리라고 믿자."

"그거다! 내가 어릴 적에 나의 가치관을 설정하고 그대로 믿고 살았다는 것이 아니라, 어떻게 두 분 아버지를 만족시킬 수 있는가 생각하며 단순하게 살아냈다는 결과다."

내가 정말 어린 주제에 가치관이 무엇이니 어떻게 살아가라고 말할 형편이 아니었다. 결국 가치관을 미리 정해놓고 철학과에 가는 일도 없었다. 그러나 이런 일들이 나에게는 미리 정해진 수순이었는지도 모른다.

"그러니 네가 철학과에 가도록 코치하고 유도했던 사람이 있었구나!"

성희도 조금은 가볍게 살아가자고 유도하는 발언이었나 보다. 나도 그저 현실에 충실하면서 그 순간에 최선의 방법으로 최대의 결과를 얻을 수 있는 일에 따르자고 말하고 싶었다.

"응, 있기는 했다. 아버지와 작은아버지 외에 한 사람!"

"정말?"

"그래~ 이명준. 산수좋은 함양에서 어떻게 우리 고향까지 왔을까!"

"응? 중학교 윤리교사 이명준이었구나! 나도 배웠어."

"어쩌면 기이한 인연을 이어 보려고 찾아 나선 사람이었을까?"

내 처지를 알고 있었는지 몰랐지만 어쨌든 나에게 영향을 주었던 교사는 틀림없다.

13

"짜잔~ 쩽~ 하고 해뜰날~ 돌아 온단다 쩽~ 쩽하고 해뜰날 돌아 왔단다~"

전화가 왔다. 내가 입력한 노래는 궂은 날도 오겠고 맑은 날도 온다는 노래였다. 비가 많이 온다더라도 언젠가는 이 비가 그치고 반드시 맑은 날도 오리라는 노래였다. 따지고 보면 그늘과 볕이 있다는 진리이며, 바라고 바라는 기대를 희망에 부풀어서 살아보자는 노래임에 틀림없다.

"누구세요~"

어제는 피곤하여 조금 일찍 잠에 들었었다. 그래서 전화의 발신자를 확인하지 않았으므로 누구인지도 몰랐다. 바로 늦은 저녁에 걸려온 전화였다.

"으이~ 나다!"

낯익은 목소리. 시각을 확인해보니 아직도 초밤이었다.

"그래~ 내가 피곤했었나봐! 나도 모르게 스스르 잠에 빠졌었다.”

“그럼 내가 전화를 끊을까?”

“기지배는~ 이미 벌써 엎지른 물이다.

“이번 주일날은 어디로 갈까?”

“물론 교회에 가야지~”

“그래? 필드로 갈 것인지 물어본 것이다.”

“물론 교회! 나도 가야지.”

“그럼 내 차를 타고 갈까?”

성희가 자기도 일정을 잡아야 하기 때문에 물어본 것이 확실했다. 상대의 요청 때문에 상호 곤란해지면 불편해질 것이다. 급한 약속이 생겼다면 선약을 번복해서 하루 종일 기웃거리다가 발목을 잡는 일이 다반사다.

따지고 보면 내가 먼저 상대방의 일정을 물어보고 약속을 정하는 것이 순리라고 생각한다.

“미안하다. 교회에 갈 거다. 멀리 다른 교외로~”

내가 약속을 제안하지 못해서 미안한 마음을 전달했다.

“그래? 먼 필드로? 가까운 곳으로 정해졌다고?”

“그러니 이번에는 내차를 타고 가도 무방!”

“그럼 미리 정하고 이미 예배 답사도 마쳤겠지?”

성희는 내가 다니던 교회를 떠나서 다른 교회로 정하는 것을 이미 알고 있는 듯했다. 방랑자 혹은 이방인처럼 정처 없이 떠나는 나, 아버지 집을 나서는 탕자처럼 교회를 여기저기 떠다니는 불청객으로 여길 수도 있다. 야심을 품어 호기를 부려보자는 불효자처럼 보일 수도 있겠다.

"예약한 것처럼 이미 가야될 시간이 되었나보다."

"나도 알면 안 되니?"

성희가 어쩌다 알면 비록 작은 도움이라도 될지 모른다는 질문이 왔다.

"개인적인 사정이니 무조건 시시콜콜 설명하기도 어렵다."

"그럼 나도 반드시 같이 가야된다면서~"

성희가 다시 물었다.

"성희씨~ 물론 그것은 자기 마음이지!"

"정말 내 마음이라고?"

"응~ 내 마음대로 따라 오라는 것이 아니라, 그 사유를 알고 싶으면 같이 가자는 이유다."

"으이고! 지지배~"

성희는 나를 따라 가겠다는 의사 표시를 하였다. 자기 믿음은 교회의 껍데기가 아니라 성경이요 진솔한 목사님의 설교가 중요하다는 의견이었다.

"이제 이유를 들어볼 차례다~"

성희가 따지고 들었다.

"그렇구나! 벌써 몇 번 째이니 설명하지 못할 이유도 없네."

그런 교회에 얽힌 사유가 교회를 비방하며 매도하는 것처럼 들리기도 한 단초가 되는 수도 있다. 그러나 지난 번에 옮기는 사유를 성희에게는 숨김없이 들려주었다. 토론하면서 숙제를 내고 답을 맞춰보기도 하였었다. 지금 다니는 교회에 남아서 계속 다닐 것인지 아니면 바로 옮기는 것인지 마음과 육신의 합의를 냈었다.

"음~ 어떤 말부터 꺼낼까가 문제로다!"

"항상 생각나는 대로~ 네 마음대로. 사람인데 솔로몬의 지혜를 가진 사람이 없잖아."

"그래! 임낙찬이 나를 너무 사랑하나봐~"

좋은 면으로 설명하자면 한 마디로 사랑한다는 말이 적합하여 붙인 말이었다. 그러나 혹시 파다하게 퍼트려진 소문이 연애로 번질지도 몰라 멈칫거렸다. 할 수만 있다면 내가 한 말을 취소하고 싶었다.

"자야~ 건전한 사랑을 한다면 좋잖아?"

"아니! 좋아하고 사랑하는 것이 아니라 나를 측은하게 여겼나 해서!"

"그럴 리가~ 나는 임낙찬은 기억이 없는데..."

"그게 사실이야. 임낙찬은 경찰간보 37기에서 엮인 동기다. 그런데 나이는 6살 적고, 게다가 초등학교 4년 후배이고..."

"임낙찬이라~ 내가 아는 후배 중에는 경찰에 간 애가 없는데... 경찰간부가 되었다면 소문이 금방 파다했었잖아!"

성희가 초등학교 일을 기억을 떠올렸다. 4년 후배의 이름이 헷갈리면서도 벌써 40년 전의 일을 기억하다니 정말 대단한 선후배였을 것이다.

"그래. 낙창이나 낙청이나. 어렸을 때부터 노래도 잘하고 마음도 넉넉하여 내가 붙인 별명이었어. 하는 일마다 즐겁게 여기며 살아가는 후배, 게다가 구성진 노래도 잘하여 인기가 많았었지."

"낙찬을 두고 낙창이 낙청이 그랬었구나! 낙청이는 기억나. 누구든지 좋아한다고 하면 지 마음대로 좋아하라고 해도 되잖아?"

"글쎄~ 그런데… 얼마 전, 교회에 가서도 만났다. 고향이 아니라서 객지에서는 만나기만 해도 반갑고 좋은 추억이 될 것이니 좋았겠지..."

"내 생각도 미투!"

"그럼 들어봐라."

어느 날, 교회에 가는 길에 나 혼자 조용히 생각에 잠겼다. 일기예보에는 약한 비가 있다고 들렸지만 그 시간에는 맑은 날씨로 변해있었다. 오랜 비에 지치다가 맑은 날씨라면 벌써 비가 갰다고 믿어도 좋을 기후였다.

나는 운동을 삼아 걸었다. 차를 타지도 않았고 버스도 마다 하였다. 그런데 예배 시간 중간부터 비가 내리기 시작하였고, 마친 후에도 줄기차게 휘둘러 내려치는 비가 야속하였다.

"아~ 비가 오도다! 늦은 비와 이른 비로 내려주는 비가 나 하고 비교를 하겠니? 그저 오시도다 오소서에 비길 데가 없었다."

"하긴! 비는 자연의 심부름이다."

성희가 말한 심부름이라니 신앙심의 깊이가 느껴졌다.

"그래서 나는 그냥 말도 없이 바라보고만 있었다. 밀려오는 사람들이 속속 떠나자 이제 한두 명만 남게 되었어."

"저런! 두 사람만 남았다니~ 남의 이목을 피하여 나타난 구세주?"

"응~ 일부는 관심 없는 이방인, 일부는 비 사이로 인도하는 구세주!"

"영자야! 네가 제대로 살아왔으니 그 정도도 좋은 결과였을 것이다. 하나님의 사자를 보내주셔서..."

"그러자 남아있던 임낙찬이가 '잠깐 전화좀~' 하면서 나갔다가 바로 돌아와서는 '이제 갑시다.' 그랬다니까!"

그러는 사이에 전개된 상황극이 이어졌다.

"그래서 나는 '맞다. 아무리 멀어도 염치불구하고 부탁하자.' 라고 말해버렸어."

"말 안 해도 알아듣겠고~ 그러니까 마음이 통했나보다!"

"그것은 낙창이 차를 타고 횡재한 작은 로또다!"

"그런데, 차 타고 가는 도중에 낙찬이에게 전화가 왔었다."

"누가?"

"나도 모르지! 그때 오간 통화내용을 짐작해보면 조금 황당한 감이 왔더라!"

"그래? 무슨 말이지?"

"응~ 낙찬이가 경찰 고위급이잖아? 그래서 자기가 바쁘니 미안하지만 대신 와서 비를 맞는 아낙을 도와주라고 요청했었던 같더라!"

내 생각으로도 남에게 시키는 대리 도움을 요청했었다니 복잡한 문제로 번질 수도 있는 사건이었다.

"그런 하찮은 일을 시켰다고? 그것은 개인 사욕을 위해 갑질이라고 볼 수밖에..."

성희도 남에게 정당하지 못한 일을 시키는 것은 불공정하다고 믿음직하였다.

"그렇지! 그런데 쉬는 일요일이고 근무가 아닌 비번이라서 쉬는 사람을 골라 개인적으로 부탁하는 것은 갑질에 해당하지는 않을 것이야!"

나는 낙찬이를 두둔하였다.

"개인적으로 부탁을 해도 고위급이 요청하는 것인데 어찌 듣지 않겠어? 고분고분! 그러니 갑질의 표본에 들어갈 수도 있잖아!"

"아무튼! 해결되었다. 낙찬이가 직접 태워준다고 했으니 상대방에게 오지 말라고 얘기하는 거었어!"

"응~ 따지고 보니 낙창이가 직접 태워 주는 것을 대신 요청하였는데 말단이 그런 일을 했다면... 글쎄~ 시민을 도와주는 선행이 되어 모범 표창감이 될 수도 있겠구나!"

성희도 낙창이를 두둔하는 구실을 찾아보았다. 민중의 지팡이가 시민의 불편함을 해소하는 것이 도리이니까.

"내 말이~~ 낙찬이는 하급자에게 선행을 만들어 주면서 사기를 높이는 방법을 찾아내는 사람이었다는 말이다. 선행도 한두 번이 아니라 차곡차곡 저금하면 그렇지 않냐?"

"긴급 동의! 나도 그 말에 동의한다."

성희가 동의하였다.

"물론! 비 맞는 측은한 사람을 보면 우산을 같이 쓰거나 태워 보낸다면 선행을 하는 사람이잖아."

"그럼 그럼!"

"사마리아 여인처럼 남을 돕는 사람이 우리 일상사에서 바로 필요한 사람이다. 권사님아! 맞지?"

그날 정말 원망스러운 소나기를 피하고 싶었다. 무사히 빨리 돌아왔으니 기분 좋은 하루였을 것이다. 그것은 사랑을 모토도 살아가는 삶이라면 항상 즐겁고 기쁜 일이 계속하여 이어질 징조라고 해도 무방할 만하다.

"그런데 왜 이런 낙창이를 피해 다니겠다는 말인지 도통 이해가 안 돼."

성희는 나의 신체적 상태를 명확히 알고 있는 낙찬이를 두고 미스터리라는 의문점이 남았나보다.

"나는 정말 그래서 교회를 변경하려고 했었던 것이다."

"정말~ 추근댄다면 내가 대신하여 혼내 줄게. 학교 선배 입장에서 나이 선배로서 또 영자 친구 자격으로..."

성희는 지금도 내 대변인처럼 자세히 조사하고 간섭하고 있었다.

"추근대다니! 숨기고 싶은 것이 있으니까 그렇지~"

"비밀을? 낙창이와 연애 소식통이 돌아다닌다거나 소설로 지어낸 가짜 뉴스가 퍼진다거나..."

"그랬으면 좋겠다. 그러나 나는 휠체어 사건이 들통날까봐 숨기고 싶다는 말이다."

"으응~ 그러다가 친한 사람들이 모이면 꼬리가 밟힌다고 걱정하는구나."

성희도 지난 번 필드에 나간 것을 두고 비밀에 붙이고 싶었을 것이다. 물론 한두 번에 한정한 일도 아니다. 나는 금품을 받은 사람이었다거나 베푸는 작은 호의라도 잦으면 상처로 남을 수도 있다는 것을 믿고 있다.

"응~ 그러니까 우선 임낙찬을 피하고 보자!"

내가 다른 교회로 정한 이유를 해명한 답이다. 다른 사람 입장에서는 아주 시시한 일이라도 나에게는 아주 중요한 문제로 대두된 주제였다.

"임낙찬! 임낙창, 임낙청~ 백기사 셋을 한꺼번에 만나보고 싶다."

성희가 말했다.

"절대로! 다시 만나서는 안 된다니까!"

나도 한마디 주의를 해주고 싶었다. 인연이 있는 사람이라면 자주 이야기하고 흉금을 터놓고 말하다가 실언을 하는 경우가 많다. 좋은 사람인데 만나면 공감하고 동의하다가 숨기면 외려 오해를 살 수 있는 우려다.

"그런데 따지고 보면 영자 네가 잘못 한 것 같아. 그런 일로 교회를 옮기다니 말이 되나?"

"물론, 이번 건으로는 내 잘못이지. 성희는 빼고. ㅋㅋㅋ. 한두 번 겪었던 일이 아니니 누적되면 적폐로 드러난다는 말씀이다."

"뭐라고?~ 그렇게 많아?"

"그럼~ 많고 많은 것이 사람 사는 일이지. 어쩌다 한 번도 그렇고 그래서 원숭이가 나무에서 떨어지기도 하지."

"예를 들면?"

"예를 들면~ 어떻게 다 예를 들어드릴까 그것이 걱정이로다. ㅎㅎㅎ"

14

나는 외롭게 살아왔다. 너무나 화려하고 빈정대거나 수다로 하루를 보낸다면 달갑지 않았다. 더구나 상대를 도와주지 못할망정 쪽박을 깨고 선전하는 것이 불필요한 처사다.

그저 분위기에 따라 맞장구치면서 동의하는 것이 바람직하다는 주장이다. 물론 틀린 것을 보면서 여러 사람에게 민폐를 끼칠 정도라면 조용히 지적하고, 같이 공존하는 사람으로 인도하는 것이 옳은 일이다.

"젊은 남녀가 바짝 붙어서 쳐다보면서 소곤소곤대는 것이 좋지는 않아. 교회 내에서... 더구나 설교 중에 '히히'대거나 손을 어깨에 얹고 껴안는 자세가 종종 나오는 현상이다."

"좋은 사이라 그러겠지!"

"확실히 얘기해라. 좋은 사이라니..."

내가 조금은 도전적인 표정을 지어주었다.

"사랑하는 사이에 아직 식지 않은 깨소금이라든지..."

성희가 다시 양념을 쳤다.

"그것도 말이라고 하냐? 교회에서~ 설교 시간에~ 찬양 시간에~ 지가 사랑한다고? 아가페가 무한정 무조건 사랑인데 그것도 사랑이라고 사랑타령을 배웠니?"

나는 보수적인 타입이었고 근검절약을 실천한 타입이었으니 교회의 분위기가 영 시원치도 않았다.

"듣고 보니 그렇네~"

"그러니 '교회 가서 연애하느냐!'는 말이 나왔잖아."

나는 교회가 연애 장터라는 말을 듣지 않으려면 노력을 해야 된다는 주장이었다. 최소한 예배가 끝났다면 통 큰 이해를 해줄 수도 있겠다.

"응~ 듣고 보니 영자 말이 맞다. 사람이 지킬 도리가 있고 신앙적인 차원에서는 절대자 앞에서 자기가 절대자인 것처럼 행동하다니 생각하는 자체가 부끄럽다."

"바로 내 말이다~"

"영자야! 그렇다 치고..."

"뭐라고? 그렇다 치고라니~ 안 돼!"

"보기는 좋잖아?"

"성희 네가 그렇다고? 네가 그런 것을 사랑이라고 인정한다고? 그것은 바로 헛사랑에 지나지 않는다."

"영자표 헛사랑이라! 아니 헛유혹일까 몰라?"

"내 말이 미투! 보이지 않는 상태에서 하든지 말든지..."

"그래~ 그래서 다른 사람에게 분위기를 깨치고 방해를 놓는다면 악마의 사랑이 나타난 현실이다."

"성희님! 교인이면서 교인에게 악마라고는~ 좀 과하다!"

"구여사님 말마따나 여러 사람이 보는 곳에서 그런 행동을 하는 것이 바로 적폐가 되고, 다른 사람 입장에서는 눈에 가시가 들어있어서 어떻게 하라는 답이 없다."

성희의 말을 들어보니 내 표현은 좀 과하다고 했어도 맞는 말이며, 반대로 명확한 단어가 있다면 차용하고 싶었다. 내 주제에 한글 학자도 아니고 세종의 후예도 아닌데 이런 메아리가 돌아온다면 '순한 악마'라고 쓰고 싶은 심정이다.

"영자야 방법이 있지! 눈을 감고 조용히 그저 듣기만 하면 된다."

"야. 눈 감고 들어보면 바로 찾아오는 '스르르'가 있다."

"그래~ 남에게 피해를 주지 않도록 '적폐 타파'라는 것이다. 도입해봐라."

바로 성희가 추천하는 '우회 작전'이었다.

"으이구~ 나는 이미 실험해봤어. 그래서 나도 모르게 스르르가 왔다 갔다를 반복하더라. 내 말이 틀렸냐?"

"영자야! 긴 목의자에 앉은 사람이 일어났다가 앉기를 반복하는 사람도 있더라."

"ㅋㅋㅋ 그러면 꿀렁꿀렁 거리는 의자이니 신경이 쓰일 수밖에 없지. 너도 실험 해 본 증거가 있냐?"

"그럼~ 그래서 나는 참다가~ 눈감 감다가~ 얼굴을 쳐다보다가~ 눈꼴 주의를 주다가~ 결국 결론은 내가 떠나는 것밖에 없었다."

성희도 분위기가 좋지 않았다는 말을 하였다.

"바로 그거다. 나도 불문율로 정해진 내 자리를 벗어나서 멀리 떨어져 앉기도 해봤다."

"왜? 한 마디로 꼴보기 싫어서?"

"그럼~ 처음에는 미워지기 시작했는데 반복되면 정말 증오할 것 같더라. 그래서 내가 안락한 장소를 찾는 낙오자였었지..."

"영자씨! 나를 원망하지는 마라. 낙오자라고 낙인을 찍지는 않을 테니. 본인이 선택한 것이니까 잘한 것이라고 믿어라. 게다가 지금은 가장 최선의 방법으로 정한 행동이니 솔로몬의 지혜라고나 할까!"

"성희씨! 감사합니다. 이해해주어서..."

"다니는 교회를 마다하고 또 찾아 헤매다니... 좀 그렇다."

"기지배야 그 정도는 약과야!"

"정말 본 게임이 남았다고?"

성희는 짐짓 모르는 척하면서 가볍게 말을 시켰다.

"발로 앞 의자를 툭툭 차지 않는가 하면 한쪽 신발을 올리더니 발을 꼬아 앉은 사람도 있다. 보기에는 거만해보이고 심한 것은 신발에 묻힌 흙을 보여주는 자세였단다."

"옆 사람에게 보이는 자세가 좀 그렇지? 똥 밟는 사람이라면 똥 밟은 흔적을 보여주는 자세라서... 증거를 인정!"

"김성희야! 이게 자신의 민낯이다. 신발을 벗어버리면 본인은 시원하겠지만 옆 사람에게는 답답하고 오징어 굽는 냄새가 풍기고도 남는다."

"지지배야~ 그만 해라. 1절만 들어도 비디오다."

"너도 봤다고? 옆 조수석에서는 발을 올리고, 오는 차량의 운전자에게 골탕을 먹이려는 처신에 불과하다. 그것도 자랑한다고 발가락 사이를 후비면서 차창을 열어 보여주는 잘못된 기본자세. 으이구나!"

나는 한참 신경이 쓰이고 기분이 상하는 자세가 저 밑바닥 매너의 갑질이라고 생각하였다.

"정말 꼴불견이구나. 거기에서는 발가락 사이를 후비는 사람은 없냐?"

다시 말을 걸었다.

"왜 없어? 나는 말하기도 싫어서 그랬는데..."

성희 말처럼 내가 중시하게 여기는 것은 간단한 단어 즉 배려다. 배려가 부족하면 아니 전혀 없다면 그런 사람하고는 말을 하기 싫은 것은 물론 얼굴을 쳐다보기도 싫었다.

"어느 선자가 들어서는 안 되는 말을 들었으니 가까운 시냇가에 닿자 즉시 귀를 씻었다는 고사가 있다. 그러나 선자를 멀리서 태워 온 목마른 나귀는 그 물을 먹지 않았다. 나귀도 들어서는 안 될 말을 듣지 않으려고 노력하는 올바르고 선한 나귀다. 내가 귀를 씻어야 하나 눈을 씻어야 하나 이것이 문제로다."

성희는 옛 고사를 교육적 차원으로 설명하면서도 현실 사회의 잘못된 것을 비유하고 말하고 있었다. 간단한 말이지만 정말 진실된 삶의 근본이라고 믿어도 좋을만한 예이다.

"아무리 그렇다하더라도 이것으로 교회를 떠나는 이유가 부족하다. 이른바 판사가 구속 영장을 선고할 시에 다툼이 있다고 쓰면서 기각하는 고정 단골 멘트다. 내 생각으로는 다시 생각해보라는 말이야."

성희가 다시 유예하는 주문으로, 나에게는 다른 중대한 사례를 들어보라는 내용으로 들렸다.

"언젠가는 다른 교회에 갔더니 내부에 분란이 일어났었다. 한 마디로 교인이 아름답고 거룩한 그리스도인들로 믿어야만 다닐만한 교회가 된다."

내가 그저 상대의 주장을 받아들인다면 다시 다른 교회로 가지 않아도 된다. 그러나 결심을 한 사유는 나의 사상이니 그런 말로 번복할 수는 없었다. 지금은 다시 다른 교회로 나가겠다고 거듭 거듭 주장하고 싶었다.

"언제 어디든 작은 분쟁은 일어나기 마련이다. 많은 사람이 모여 사는 곳이니 평화와 평안이 항상 있는 것은 아니다."

성희도 결국 나의 주장에 동조하지만 그런 것을 반드시 변경하는 것이 정답은 아니라는 대답이었다.

"나도 그렇다고 믿어. 그러나 일반 경쟁자의 모임이 아니라 하나님의 자녀들이 그렇게 살아서는 천국에 가지 못한다. 천국의 상속자가 될 자격이 없는 위인들일 뿐이다."

"그런 해석을 들으니 그럴만하구나. 궁금하다."

"김성희처럼 진실된 자, 항상 옳은 편에 서는 사람들이 모였다면 끝!"

"왜 나를 끼워 들여 넣는다는 얘기냐? 내가 본 증인도 아니고 교회의 증거도 본 사람도 아닌데..."

"응~ 나도 교회의 증거 즉 당회록을 본 적이 없어. 보여줄 사람도 없었겠지만 보고 싶다고 볼만한 자격도 없다."

나는 정말 당회록을 볼 자격이 없다. 장로교에서는 장로들이 당회록의 주인인데, 모든 일정을 주관하며 주최한다. 그러니 그들의 속속을 적나라하게 적어놓고 그대로 집행하자는 주장이었을 것이다.

그런데 장로가 되지 못한 사람에게는 치부가 드러나면 수

치라와 직결된다. 정말 당회록에는 그 일을 진행하다기 참석자들이 다투고 도떼기시장의 잡배처럼 욕설이 난무하는 투쟁장으로 변하기도 한다.

"영자야! 그런데 그것이 무슨 말이냐고?"

"간단해. 그저 돈 문제였다."

"응~ 돈이!"

"장로들이 현금을 많이 내서 권리가 있다는 해석이다."

성경에는 가장 중요한 것이 양심이며, 그런 믿음으로 행동하면 된다는 모토다. 정말 어찌하여 불교도 최영 장군님이 황금을 돌같이 여기라고 했을까? 혹시 불교도에서 배신하고 기독교로 옮긴 이방인이었을까?

"영자씨~ 당회록 내용을 어떻게 정확히 알 수 있겠어?"

"그것도 안 봐도 비디오다. 많고 많은 교인들이 이구동성으로 성토하는데 믿지 말라고 해도 믿는다."

"그렇겠지! 어느 정도는 일리가 있고⋯ 접어두면서 추측을 해야 되겠네!"

"돈을 많이 번 성희처럼 교회의 수입이 많아지면서 욕심이 슬슬 발동을 했겠지. 악의 근원인 악마의 눈초리가 눈치를 살핀다는 의미로..."

"에공~ 나를 띄워주는 것이 무슨 비유냐? 요즘 군대에서도 병사 일부를 차출하여 종처럼 부려대는 사병제도가 존재했다. 이른바 졸도 사병도 아닌데, 개인이 부리는 병사라서 사병화 취급하는 말이다. 쿠데타를 일으키는 비밀조직 병사들의 모임인 사병제도가 바로 그것이다."

"성희야! 네가 군대에 가본 것처럼 그렇게 말해도 돼?"

"ㅎㅎㅎ 영자 냄새로 가본 것 대신 들어보았다."

"에이~ 교회에서 목사님에게 사례비는 적으면 적고 많으면 많은 금액이다. 그런데 자녀들이 외국 유학을 가면 학비 전액과 별도로 특별 보너스를 얹어주기도 한다. 들리는 말이겠지만 어디 거짓말뿐이겠냐? 특별 활동비도 붙고, 냉난방기를 공적으로 구입하여 제공하는 불문율도 있다."

"듣고 보니 좋구만. 영자의 심성처럼 좋은 것이 좋은 것 잖아?"

"물론, 좋은 것이 좋은 것이다. 그러나 좋지 못한 것을 덮어두고 좋은 것처럼 호도하면 안 된다는 내 주의다."

"하긴~ 성경에는 좋은 것이 항상 좋은 것이라는 말은 아니다. 좋지 않은 것처럼 보이기도 하지만 항상 옳은 것 즉 진리만이 좋다는 내용이 원칙이고. 그러니 영자 너처럼 검소하면서 절약하고 남으면 어려운 사람들에게 나누는 마음이 최영 장군을 빼닮았네."

"내가 그랬었나? 급하면 즉시 최영 장군을 불러내어 도와 달라고 부탁하곤 했어."

"숭불정책에 힘입어 번성한 불교 장군님이, 그래서 도와주 셨다고?"

"글쎄! 사실 최영 장군은 자기가 불교도라서 기독교도를 도와주지 않겠다고 거절하였다. 그러나 내가 하는 말은 그저 당신이 황금을 돌같이 보라고 하셨으니 나에게도 그런 마음 을 갖고 살 수 있도록 도와달라고 빌고 비는 주문이었다."

"영자가 빕니다. 간절하게 빕니다. 이렇게 유혹하는 주문을 외었다고?"

"굳이 따진다면 유혹이 아니라 현혹에 가깝다."

"그래, 영자야! 정말 어렵다."

"나는 최소한 양심은 가지고 살아야지 하면서 매번 되뇌었 어. 실수하면 다음에 내일 열심히 살겠다고 다짐할 뿐이었다. 그래도 어느 정도는 떳떳하게 살았다는 체면을 구기지는 않 았다. 내가 스스로 평가하는 점수로 본다면..."

"그거다. 네가 한 말이 어렵다는 것이 아니라 살아가는 삶 의 가치관이 어렵다는 말이다."

"성희야! 정말로 나는 교회에 많은 돈을 기부하거나 꼬박 꼬박 십일조를 내지도 못했다. 그것이 나의 신앙이 약하고 무던했기 때문에 그저 그렇게만 지냈다. 그래서 목사님의 불편한 사례를 파헤치자는 것이 아니라, 나는 그럴 자격이 없으니 떠나야 한다는 생각이었다."

성경에 나오는 이방인에서도 사마리아 여인이 손꼽는 의인에 속한다. 그 사람은 가지고 나선 돈을 주모에게 다 주면서 일면식도 없는 환자의 치료를 부탁하였고, 만약 치료비가 부족하다면 일을 마친 후 반드시 보상해줄 것이니 양심껏 도와달라고 부탁한 사람이었다. 정말 그것이 권장하는 교과서다. 설혹 조작이라고 치더라도 좋은 여인 거룩한 마음은 분명하다. 얼마나 마음에 차지 못한 세상에 지어낸 교훈을 들려주고 싶었을까.

이때 사마리아 여인이 가지고 있는 다소를 막론하고 성심껏 도와주는 마음이 문제였다. 또 과부가 헌금한 돈이 가장 귀하다는 말도 있다. 그 여인이 가지고 있는 돈이 겨우 서 푼이라 하더라도 본인이 아끼거나 숨기지 않으면서 전 재산을 바치는 것이 가장 귀하고 가장 많은 돈이다.

"영자 선생님! 나도 할 말이 없다. 나는 그저 왔다 갔다 하다가 세월만 보냈으니 유구무언입니다."

"입이 하나 뿐이라고? 열 개라도 할 말이 없어야 정상이지."

"영자씨는 몇 개나 되고?"

"물론 나도 마찬가지. 그래서 내가 떠난 경우를 얘기했던 것이다."

"속된 말로 중과 절이 겨루다가 절이 졌으니 중을 남겨놓고 절이 떠난 예가 나왔다고? 그것도 뻥이다."

"성희야! 그러나 내가 얘기한 내용이 전부 거짓이면서 모략에 떨어진 것이라면 정말 내가 할 말이 없다. 그러니 다음부터는 이런 얘기를 거론하지 않도록 하자."

"그래, 그것이 좋겠다. 확실한 것이 아니니 아예 믿지 않는 것이 더 좋을 것이다."

"꺼낸 것부터 잘못된 계산이었고, 핑계에 지나지 않는다."

"공동묘지에서도 핑계가 없는 무덤이 없다는 말이다."

누구든지 믿을 수 없다며 자신만 믿은 것이 과오다. 자신 있는 내용이라고 말했지만 다시 양심에 견주어보니 아예 불확실한 것이고, 자기 아집을 맹신하는 우둔한 처신이었다. 그 대신 확실하고 진실한 내용을 예로 들어주어야 체면도 설만하였다.

"성희야! 그러면 내가 본 내용도 있다!"

"그럼~ 처음부터 그럴 것이지. 웬 공갈 타령이었나?"

"그저 간단명료한 내용~"

전 교인들이 모두 예배를 마치고 남아있는 중에 담임목사 후임을 결정하는 문제였다. 물론 담임목사에게 주어지는 자격이 충분하여서 후보자가 응모했을 것이다. 모든 결격 사유가 없도록 미리 준비하고도 준비했겠지...

"너는 그럼 무슨 문제라도 된다고 다시 거론할 수 있을까?"

"물론! 큰 교회에서도 그런 문제로 인하여 재판에 올리는 것이 왕왕 있다. 추천자는 청빙위원회에서 정해지도록 되어 있지만, 목사님이 자기 아들을 셀프 추천하였다. 목사의 아들은 다른 후보자와 섞여서 우선 제출서류를 심사하고, 다음에 설교 내용을 듣고 교인들이 투표하도록 되어 있다."

"그렇게 처리하고 정당하게 결정하면 되겠지? 도대체 무슨 문제가 생기냐고?"

"응~ 그리고 전임지에 방문한 청빙위원들이 현지 조사를 하고 교인들의 냉정한 판단을 들어 반영하였다. 단 한 사람은 제외하고..."

겉으로 드러나는 문제는 없다. 누가 추천하였더라도 교인들이 투표하여 결정되면 그저 그만일 것이다. 그러나 위원이 추천한 사람이 아니라 목사님이 추천한 사람이니 믿어도 좋을지 믿지 말아야 좋을지...

"그런데 누가 감히 거역하겠는가? 그것도 현직 목사님의 아들을 떳떳하게 추천하였다니 누가 거절하겠는가?"

말하기 어려운 내용이지만 나는 감히 거론을 하고 말았다.

"왜 거절을 하지 못하겠니? 영자 너는 손들고 일어나서 거절을 분명하게 표현하면 되잖아!"

성희는 불의의 사태가 일어나거나 돌발 상황이 벌어지면 원리원칙대로 진행되는 것이 아님을 알고도 남는다. 그러니 손들고 발의를 허락받으면 분명하게 의사를 표명하고, 반대나 찬성을 확실하게 표명하여야 한다.

그러나 손들었어도 발언권을 주지 않으면 아무런 말도 하지 못한다. 만약 말을 한다하더라도 발언권을 주지 않았는데 발언한다면 다시 그런 말을 막고 장외로 쫓겨나기도 한다.

"영자야! 너는 강성이고 원칙론자라서 맞는 말만 하는 사람이었잖아! 그런데 네가 어떻게 쉽게 굴복하고 조용히 물러난다는 말인가?"

"응? 내가 그런 사람이었어? 그랬구나!"

"너 같은 정의의 편에 선 사람들이 많았을 것인데 왜 그렇게 벌어졌는지 궁금하다? 그것도 조용조용 진행되었다니..."

"성희 모르나? 결론적으로 목사님은 하나님의 심부름꾼이다. 그러니 평신도들도 꼼짝하지 못한다. 오라면 가고 가라면 오는 것이 신도의 임무다."

"그 정도냐? 인권이 없고 신권도 없나?"

"천만에 말씀! 인권은 없고 신권은 있다. 일반 교인들의 위세가 아니라 목사님 신분이라면 신권이 있다는 말이다. 하나님이 목사를 지목하여 대리청정을 하는 권한이 부여되었다."

"그래 신권이라며 하나님의 일을 하지 않으면 말이 되나?"

성희의 부정적인 말을 처음 들어보았다. 농담이라면 그저 흘려보내겠지만, 속 마음이 아니라 하나님과 옳고 그르다는 것을 다투는 것이 바로 신권의 부정이며 거역이다.

"권사님! 신권이라면 하나님의 다른 뜻이 있어서 목사님의 아들을 지명할 수 있겠지 않겠나?"

"그럴 수 있다고 본다. 그러나 일반법이 아니라 교회법이라는 것이 있어서 그대로 판결하는 것이다. 그것은 하나님이 정하신 교회법이 맞겠지? 그러니 교회 헌법을 믿고 따라야지~"

"듣고 보니 앞뒤가 바빠서 그랬겠지! 그래서 나는 거역하지 못하고 그저 죄인인 주제에 남아있었다."

"천하의 모범생 영자는 어디에 있었다고?"

"ㅋㅋㅋ 눈밖에... 교회 밖에..."

"나이 많은 구영자 서리집사님! 에구, 불쌍하구나."

"나이 많은 김성희 권사님은 교회에 다닌지 오래 되어서 대단하구나!"

"ㅎㅎㅎ 쉿! 비밀. 나는 선데이 권사다."

"교회에서도 그런 비밀이 널려 있구나!"

"그럼, 오늘의 하이라이트! 영자가 교회에는 비밀이 없다는 것을 증명해보이겠습니다. 짜잔~"

"얼씨구!"

"짜자잔~"

"성희는 어려운 것을 나만 시키고! 테스트하는 거야?"

"아닙니다. 그만 고정하시고 차분히~ 차분히~"

"공자님이 가라사대~ 그 전에는 호국불교라서 기를 못 폈었지만 이제는 신랄하게 평을 하시겠다는 서두였을 것이라."

"영자씨! 서론은 접고 본론으로~"

"그러니 원효 대사님과 요석 공주님이 뭣이를 했다고? 그래서 설총이 생겼단다. 설총은 이름도 어렵지만 당대의 걸출한 인물이었다. 하긴 공주의 아들이라니 어리석고 우매하더라도 뛰어난 인물이라고 우기면 그만이다."

"응, 믿거나 말거나. 그런 수도 있었어?"

"그런데 원효 대사님도 지금까지 유명하잖아? 공주도 타이틀만 있어도 유명하고! 그러니 유명자 더하기 유명자 하면 천재가 생겨났겠다~ 요즘도 아이들을 낳고 싶다고 절에 가서 공을 드리려다 10일 특별기도 혹 100일 특별 기도를 했다는 사람도 들었다. 그래서 낳았다나 못 낳았다나 믿거나 말거나…"

"영자도 간절한 기도의 효험이 있었으면 소원 성취하였을 텐데!"

"나는 단연코 간절한 기도를 드리지 않았다. 그래서 아들이나 딸도 지금까지 없다는 증거다."

"ㅋㅋㅋ 지지배는 웃기구나! 불공을 드린다고 절에 가려면 반드시 절을 해야만 하는 법칙이 있다. 내가 절에 간다면… 바로 복종의 예우에 속한다. 그래서 '교리 포교당'을 명명하였음이 분명하다."

"권사님! 신성한 탄생인데 웃기다니! 하나님의 선물이 자녀로 지목되었는데 나에게는 자녀가 없으니 중죄인이었음이 확실하다."

"그런 기도를 하지 못하다니 영자가 정말 가련하구나."

"나는 못하다는 것이 아니라 안하는 것이라는 말이다. 그런데 요즘에는 교회에서도 철야기도라고 하기는 한데... 여자끼리 남자끼리 뭉쳐 모여 철야하고 그러더라."

"벌써 60도 넘은 새내기 영자 신자님! 그것이 바로 정상이다. 그런데 영어 신문을 보면 밤을 밝히고 낮을 어둡게 만들기도 하고~ 시커먼 안경을 써야 보는 눈, 몰카로 찍어놓고 보는 눈, 정말 보는 눈이 너무 많아서 셀 수가 없다. 그저 영상에 담았다가 필요한 눈만 찾아내면 된다."

"아니야. '신문 영자'와 '나 구영자'를 통합하고 줄인 신조어. '영자'가 있으면 된다는 뜻이지만, 필요한 눈이 어디 있는지 찾아내는 것만 해도 어렵고 불가능에 가깝다. 그래서 내가 부릅뜨고 확인하는 감시제도가 있어서 즉시 판정해보고, 미심쩍은 내용만 별도 보관하기도 한다."

"그래서?"

"옛날에는 '영자'가 아니라 나도 몰라! 그저 설총의 탄생이 부럽다나 원망스럽다나 도통 무슨 말인지도 모르겠다."

"쯔쯔쯔 그러다가 했느니 안 했느니, 보았다 안 보았다, 진실이다 모략이다, 갑질이다 등등. 교회법을 제쳐두고 왜 일반법에서 다투다니... 살다보니 하나님의 법을 무시하는 처사인지도 모르겠다. 영자가 경찰법을 배웠는데..."

"권사님아! 대리인 그러니까 대리청정을 하시는 분에게 무슨 요망한 말인고?"

교인들에게 해당하는 교회법은 엄정한 법이다. 사람의 영적인 생존과 박탈하는 치리권이 존재한다. 그러나 목사님이 주재하는 일에 대하여 반론이나 비토권을 비치기도 힘든 법이다. 가장 높으신 분의 대리인을 지목하여 왈가왈부하는 것이야말로 그런 자격이 없는 사람들 처신에 지나지 않다.

"영자 선생님! 소인이야 일요일만 바쁜 선데이라니까요!"

"알았다. 그럼 오늘은 휴정하고 퇴청하거라~"

"소인은 퇴청이 아닙니다. 종례가 끝나야 돌아가거든요!"

"에고~ 성희야! 말이 많네."

"그럼. 우리는 어려운 처지에 어찌 살까! 제가 오늘은 종례를 강요하였습니다. 정처 없이 떠나는 뜨내기들..."

"권사님! 뜨내기가 정착하면 바로 '우렁각시' 즉 시집 간 어머니다. 굴러온 돌이 박힌 돌을 빼내고 눌러앉아도 되고..."

"그 자리에 말뚝을 박아도 되고..."

"성희야~ 나도 정이 들면 새 고향이 생기고 옛정이 가라앉으면 고향도 없어지고... 짧은 인생에 아버지를 바꿔 가면서 모시고 살았는데 정든 교회도 몇 번이나 바꿔야 하다니 정말 기구하구나."

"새 하늘 새 땅이 바로 내가 돌아갈 고향이라는데... 무슨 예쁜 교회를 찾아다니고, 돈 많은 교회를 찾아다니고, 덩치 큰 교회를 찾아다니고, 권력자를 찾아다니다니 뒷맛이 좀 어색하다."

"높으신 권사님! 오늘은 니가 종례라고 말했잖아~"

"말단 신도야! 그러자! 그럼 오늘도 늦지 말고~ 세 번 '땅 땅 땅' 끝났지?"

"정말~ 어느새 교회 헌법에 젖었네! 이제 내 신세는 벌써 복종만 남았을 뿐이고..."

15

"~ 뎅~ 댕~~ 뎅~ 댕~~"

약한 종소리가 멀리서 들렸다. 오늘은 아침 운동을 삼아 낮은 산을 올랐다. 좌로는 명산 우로는 약산, 그리고 뒤로는 술산이 있는데 모두 높지 않고 크지 않은 산이다. 시내에서 언제든지 나설 수 있는 언덕에 지나지 않는다. 비가 그치면 그저 물이 흐르지 않는 산이요 슬리퍼를 신고도 쉽게 오를 만한 메깟이다.

오늘도 많은 사람들이 나와 있었다. 일요일에는 교회 가는 사람들이 많다고 하던데... 한 시간 정도의 운동을 한 후에 가는 것이 충분하다면 누구나 와도 좋은 산이라고 본다.

'그런데 왜 이 시간에 종소리가 나지?'

먼 오래 전에는 아침 점심 저녁 예불시간이라고 정해놓은 시간이라서 매우 빨랐었다. 그러나 아침도 아니고 점심도 아닌 이 때! 게으른 종지기인지 부지런한 종지기인지 아점 종지기인지 도통 분간할 수가 없다. 혹 시간이 변경되었나 하는 의구심이 들었다.

'하긴 빠르거나 느리거나 생각할 것 없이 치고 싶으면 치는 것이 종소리다!'

또 다시 사람들에게 들릴 만한 목소리로 중얼거렸다.

내가 판정하는 정답은 가까운 절에서 난 소리가 당연하였을 것이다. 생각해보면 절의 종이라 하더라도 필요하면 치고, 불필요하면 멈추어야 한다. 혹시 민폐가 되고 여러 사람들이 쳐다본다면 멈추어야 하는 종소리가 맞을 것이다.

"영자야 교회 갈 때 같이 가자!"

"어디로? 새 교회로! 기존 교회로?"

내가 물었다. 아직도 성희의 진심을 알지 못할 것이다. 그래서 본인에게 물어보고 그에 따라 내 의지도 결정할 수도 있다. 그것이 바로 인생살이라 말할 수도 있다.

"으응~ 새 교회로 한 번 더 가보자!"

"알았어. 나는 멀어도 상관없이 결정해왔었잖아!"

"그럼 몇 시에 갈까?"

"응~ 10시 30분. 우리 집으로 와!"

"확실히 말해! 내가 10시 30분에 도착하라는 말이야? 내가 집에서 출발하라는 뜻이야?"

역시 성희는 확실하고 명확한 언행이었다. 물론 나도 그 정도다. 그러나 한 마디 한 마디 하는 것을 지적하는 것이 바로 사람이 살아가는 방법이라는 주문이었다고 믿는다.

"고맙다. 역시 성희 밖에 없다. 그럼 도착!"

"지금 뭐하는데? 일찍이 좋지 않은가하고 물어본 것이다."

"응! 지금 약산을 돌아 술산 밑에~ "

"심산유곡에 무슨 일이?"

"그저 간단한 운동하려고~ "

"첩첩 산중에 들어가면 귀신이 쫓아다닌다! 조심해라."

"종을 치면 귀신도 도망간다. 기지배야 내말이 틀리나?"

"그래 틀렸다! 절은 원래 기가 센 곳을 골라잡아 위엄스럽게 짓는 것이 정설이다."

성희의 말을 듣고 보니 그럴 듯하였다. 오래 전부터 치산치

수를 기본으로 작성된 이론이 전해온다. 이른바 풍수지리에 따르면 바람이 모이고 통하며, 물이 통하고 오가는 것이 중요한 목록이었다. 성희가 설마 풍수를 근거로 하여 그것만 주장하는 것은 아닐 것이라고 믿는다.

"그럼, 무슨 기가 얼마나 센지 알려줘라. 그래야 믿지!"

이것은 내가 질문하는 주제였다. 풍수에 가미하여 사람의 심성이 엮인 기라는 말이 있는데 어느 정도 믿을 것인지에 따라 좌지우지할 것이다.

"오늘은 시간이 부족하니 무조건 나를 믿고 따르라! 군인 정신으로~"

"헤이~ 무슨 시간이 부족하다고 그래! 이보다 더 급한 일이 있어야 하지."

따지고 보니 사람이 왔다갔다 하면서 분위기와 처한 상황에 따라 달라지는 것이 정답이다. 그러나 내가 교회를 변경하는 문제로 겪은 사례였다.

"교회 가기 전에 운동을 하고 있다니 얼마나 급한 일이 생겨서 고민 중인가 걱정된다."

평소 솔로몬의 지혜를 배우겠다는 성희가 무척 궁금해졌나보다. 사실 이런 말을 하다보면 한 가지 경험을 통하여 써먹을 수 있는 지혜를 배우겠다는 속셈이 확실하다.

"내가 찾는 교회가 나타났다. 작으면서 아담한 교회였다. 시내의 지리적인 중심지에 있다 보니 작지만 그래도 시내 티가 나서 규모가 보이는 예쁜 교회였다. 나는 그 교회를 무언가 도와주자고 마음먹고 나섰다."

"그랬어? 영자가 교회를 도와주겠다고? 얼굴도 모르는 말단 평신도가…"

"그랬다니까! 그래서 전화번호부를 찾아서 한 번 두 번… 역시 작은 교회는 목회자 외에 교회를 돕는 전도사나 부목사도 없다. 나는 목사님 혼자 바쁘다고 믿었다. 그리고 몇 시간이 지난 뒤에 다시 전화를 걸어보았다. 반복하여 한 번 두 번… 그래도 묵묵부답이었다."

"그렇겠지! 나도 교회 인적이나 재정부가 곤란하다는 것이 충분히 이해가 된다."

성희는 어느 정도 교회의 아픈 속사정을 대충 알고 있을 것이다. 기간도 오래되었고 다른 교인들의 이야기를 들으면서 느낀 것이 많아서 심지가 굳었다고 본다.

"건물만 지어놓고 사람이 모이지 않아서 손가락으로 꼽는 경우도 있고, 건물을 짓다가 비용이 충당되지 않아 갹출하는 바람에 떠나기 일쑤다. 한 마디로 비정상적인 교회 운영이 비일비재하다."

"그래서?"

"그래서 아마도 식사 시간이겠지, 아니다 식사 준비 관계로 전화를 못 받았을 것이다. 그런데 부재중에 기록된 것을 확인하면 무슨 사연이 있느냐고 되물었을 것이다. 그래서 그런 기대를 걸었었다."

"설마! 기대가 크면 실망이 뒤따른다는 교훈도 있다."

"그랬어! 그래서 나는 직접 찾아가 보았다. 역시 교회는 큰 대문이 굳게 닫혀있었다. 잘 보이는 곳에 쓰여 있는 문구! '용무가 있으시면 전화를 해주세요!' 혹시 내가 잘못 알고 있었는지 확인해보니 같은 전화번호가 분명하였다."

"전화가 맞다고? 그래도 안 받으면서... 안내문 광고를 붙여놓다니!"

성희도 답답한 마음을 이해하면서 위로하였다.

"이런 상황에서 한 손으로는 두드리면서 한 손으로는 전화를 걸어보는 것이 최선이었다. 정말 만나고 싶은데 어떻게 해야 할까! 돌아오는 반응은 강아지가 나를 쫓아내는 것이었고, 강도가 방문하였다고 지역 생방송을 하라는 그것이 바로 난제였었나 보다.

"있다! 해결책이~ "

" ~ 어떤 방법이 있을까?"

"있어. 적극적인, 공격적인, 가장 확실한 단 하나, 반드시 성공하는 방법이 있다는 말씀."

"그런 방법은 몰라! 그래서 나는 기우제 방식을 택했지!"

"그것이 가장 확실하고 반드시 성공하는 방법이라니까~"

"그게 그거야?"

"그렇지, 영자가 아는 가장 쉬운 방법~"

"으이구~ 알았다. 나는 조금 일찍 마치고 무조건 교회를 방문하였다. 낮 동안은 바쁘실 테고 저녁 식사 차 들어온 시간에는 반드시 만날 수 있다고 믿었다. 그래도 묻지 말고 돌아올 때까지 기다리면 되겠지 하고 말이다."

"그래서?"

"만났지! 도착하자마자 다짜고짜 나타나서 당황해질 수도 있겠다 생각나서 잠시 뜸을 들였다. 도착한 사람의 동태를 살피면서 목사님이 맞는지 단순한 심부름꾼인지 혹은 이방인인지도 모르겠다고 한동안 기다렸다. 그러다가 신분이 확실해지지 않았지만 일이 끝나자 다시 돌아갈 채비를 하였었다. 이때 내가 놓치지 말자고 접근하였다."

"접근이라니? 차라리 포섭이라든지 미인계라든지 무슨 방법을 써야 되는 것 아니야?"

"내가 구닥다리구 영잔데 미인계라니 그것은 안 된다. 내가 가까이 가서 조용히 말을 걸었다.

'목사님이시죠?'

'그렇습니다만 어쩐 일이십니까?'

'전화를 많이 걸었었는데 받으시지 않으시더라고요.'

'그랬어요? 전화가 울리지 않아서 몰랐었습니다!'

'낮에 교회로 와서 전화번호를 확인해보고 전화번호부를 확인해보고 전화를 걸었습니다.'

'그래서요? 무슨 일이십니까?'

'목사님하고 10분 정도만 대화하고 싶습니다.'

'지금 바쁩니다. 병원에 입원 중인 신도가 있어서 안수 기도하러 가야 됩니다.'

'그래도 시간을 내주시면 하고 지금까지 기다렸습니다.'

'무슨 일이십니까? 다음에 하시면 안 됩니까?'

'지금까지 기다렸는데 조금만 기회를 주시지요!'

'지금 가야된다니까요!'

'그래요? 그러면 그냥 가세요! 나는 목사님하고 이야기 하고 싶지 않네요. 지금 기도하러 간다면서 바쁘다고 재촉하는데, 사람이 무슨 사연인지 들어주고 가도 충분하잖아요? 목사는 길 잃은 양을 구하는 목자잖아요?'

그래서 내가 목사에게 더 이상 만나지 말자고 말을 지었다."

"그런 일이 있었다니~"

"그러자 목사가 뺑하고 나를 쳐다보다가 휑하니 가버렸다. 내가 떠나기도 전에 먼저 교회를 뒤로하고 떠났다는 말이다. 그러니 내가 생각해도 심하다는 말이 입을 뒤쫓아 튀어나왔다."

"무슨 말이?"

"응~ 목사는 한 마디 말로 사람을 살리고 죽이는 능력이 있다. 그런데 내 사정을 이야기하지 않았으니 얼마나 급한지 얼마나 중한지 모르니까, 들어보고 처방을 내려주어야 목자이며 목사의 본분이라고 생각했었다."

"듣고 보니 영자 네 말이 맞다. 평소 반듯하고 옳은 사람이라고 믿었으니 네 말이 틀림없다. 자살을 미적거리다가 마지막 상담이라며 목사님을 방문한 사람도 여럿 있다. 그리고 새로운 생명을 찾아서 구한 인생, 살아난 인생이 거듭나는 과정이다."

"그래서 찾은 교회에 나가면서 적지만 도움을 주겠다고 굳게 다짐하였었는데, 그런 마음을 처음부터 깡그리 뭉개 버린 결과로 되고 말았다나 미움의 싹이 되었다나!"

"영자야, 그럼 안 돼! 미움을 화해하고 사랑하라고 배웠는데 그런 교회에 박차 나가고 벗어난 길로 가려면 가라지가 되겠지!"

"권사님! 갈테면 가라지하고, 훼방하며 망치는 악마가 가라지인데, 왜 가라지가 시도 때도 없이 나타나서 비교하는지 모르겠다."

"응~ 내 말은 영자의 마음에 미워졌다고 하더라도 그래도 먼저 손을 내밀고 사랑해야 진정한 신도라고 주장하는 중이다. 알간?"

"권사님이 아직도 중2라고? 중3 고1 고2도 옛날에 지났잖아? ㅎㅎㅎ 나도 그것은 안다. 그러나 사람의 마음에 그것을 항상 실천하고 살 것만 같냐? 꿈 깨라!"

"응, 그래도 꿈을 깼으니 전화도 하잖아! ㅋㅋㅋ"

"성희씨! 으이고~ 내가 졌다."

"그럼 네가 이긴 것 하나 찾아서 예를 들어와라."

"좋아! 어렵지만 예를 들지! 머언~ 옛날 호랑이가 담배 피울 때에 원효가 눈을 맞았다는데 왜 그랬을까?"

"나도 모르지. 내가 머언~ 지금까지 살았으면 아마도 1500살도 더 살았을 텐데."

"그러니까 공자 가라사대! 왜 파계를 하였느냐가 문제다.

만약 파계 금기 중에서 남녀7세부동석을 지키는 규율이 없었으면 아무런 문제가 없었겠지!"

"그럼~ 이불이 있어서 다행이라고 믿어. 잘 봐! 의자에서 둘이 같이 들러붙어 있으면 안 된다니까! 그래서 훗날 요석 공주라고 지어낸 것인지도 몰라."

"그렇다면~ 됐다! 입니다. 자기보다 더 탁월한 사람을 만들기 위하여 연인보다 더 뛰어난 후계자를 만들기 위하여 일부러 꾸며낸 창조였을까?"

"영자야. 나라를 위하여~ 국민을 위하여!~ 너와 나를 위하여!~"

"아니면 불꽃처럼 난무하는 불장난? 그것도 아니면 의식 절차에 따른 공식 합방? 아무것도 아니면 일방 강제에 의해 벌어진 성폭력? 그럴 수는 없겠지!"

각종 종교차원에서도 성폭력을 반성하고 회개하는 양심선언이 유행을 퍼트렸다. 악어의 눈물이라도 반성하고 회개하는 것은 당연하며 바람직한 일에 버금가는 일이다.

그것도 종교계의 지도자가 나서서 대신 반성하는 표현은 들어도 위로하는 말이다. 종교적 위로는 사면과 비슷한 정도로 통한다.

"그래서? 무슨 말인지 해석도 붙여주라!"

성희도 나와 같은 생각을 먹고 있었나보다. 내가 지금까지 좋아하던 이유가 바로 그것이다. 따라서 나는 누구든지 좋은 편에서 들고 나선 말이었다. 설사 그렇지 않다하더라도 좋게 해석하면 타계책이 나올 수도 있다는 주장이었다.

"그렇군요! 이른바 인공수정이라는 것!"

이것은 그저 말장난하자는 것뿐이다. 요즘에도 사람의 인공수정에서는 어려운 것은 물론이며 공장에서 찍어내는 소품 다량으로 생산해내는 행위는 죄에 속한다. 그래도 단 한 가지 좋은 방법을 짜낸 묘안이었다. 또 내가 성희의 발언에 동의를 표시한 말이다.

"성스러운 인생이 탄생하는 과정에서 얼토당토하지 못한 타계라는 등등 불경스러운 말을 사용하다니... 괘씸스럽다~"

성희는 다음 말을 시켰다.

반어법으로 물어보면 답을 하지 않을 수 없으며, 칭찬하고 거들면 다시 이어갈 수밖에 없다.

"내 말이~ 교회에서도 많고 많은 불경스러운 처사가 이렇게 많다니... 그러면 거기에서도 불륜이나 로맨스를 주장하지 않았으며, 오로지 시험관으로 인공수정이 적용되었겠지!"

"그럼! 차갑고 냉정한 남녀상열지사는 없다. 그저 인생이

잉태되는 순간이었을 것이다. 그러나 종교 차원에서는 설총을 운운하면서 누구든지 이런 일이 벌어지지 않았다는 것이 확실하다는 내 주장이다."

"각설하고. 내가 만약 설총처럼 뽑아진 인물로 통해 태어났었다면 아마도 우리나라의 유명한 인간이 되었겠지? 내 생각으로도 조금은 서운하다."

"글쎄! 내 생각으로도 영자가 유명한데 시대를 못 타고나서 써먹을 수 없었다는 말인지도~"

"성희야~ 정말 복잡하구나! 이렇게 저렇게 둘러보아도 써먹지 못하고 드디어 죽어야할 형편이니 안타깝고 애석하다!"

누구라도 잘 살았다고 자부하지만 정작 죽을 판에는 후회하고 슬픈 회상만 안고 돌아가는 인생이다.

16

나도 마찬가지다. 어릴 때부터 열심히 살았다고 자타가 인정해주었지만 지금 돌아보니 내 성에 차지 않는다. 그저 하고 싶은 대로 해보지 못하고 주변의 상황에 적응하다가 죽어야 한다면, 더 오래 살고 싶다고 아우성을 치고 싶다.

"그런데 몇 시까지 오라고?"

성희가 시간이 되었는지 물어보는 말이었다.

"지금 어떻게 되었냐?"

"11시 막 지났어~"

"벌써 그렇게 되었네~"

"그럼 빨리 가자고?"

"아니! 이미 종쳤다. 아직도 운동 중이라서... 옆에 앉아있는 신도들에게 땀 냄새로 인하여 민폐를 끼치면 그것이 바로 신앙심에 대한 방해이고 하나님에 대한 불충이다. 이대로 입은 운동복 차림으로 가도 벌써 교회 끝나고 돌아올 시간만 남을 뿐!"

"응 그렇지~ 교회 종이 아니고 절 종이라고? 그래서 내가 선데이권사인데 이것도 계속 들키면 '땡' 깜이다."

성희는 자기가 권사라면서 최소한 예의는 있어야 한다는 주장이었다. 그러다가 버릇되고 반복되면 직분에서 파면될 판이라는 말이었다.

"아니 그런 제도는 없어. 최소한 내가 아는 동안은~"

"그래서 만나자고? 오지 말라고?"

"와야지! 와서 반성하고 회개하고..."

"헌금 대신 어려운 사람에게 도움주고~ 그 전에 우리 점심 먼저 해결하고~ 2땡이네! "

성희가 점심을 먹으면서 이야기나 하자고 하는 말로 들렸다. 본심은 아니어도 벌어진 상황이 변할 수 없으니 그저 벌어지는 형편을 따를 수밖에 없었을 것이다.

"영자! 운동복을 입었어~ 평상복을 입었어?"

성희는 내가 운동한다는 말을 듣고 복장이 궁금했었나보다.

"운동복? 그저 편하게 매일 입는 평상복!"

나는 그것도 집에서 입고 밖에서도 활동하는 복장이라고 말했다.

"하긴~ 물어 본 내가 잘못이지! 어릴 때부터 행동거지를 알고 있는데..."

"알고는 있다고? 기억을 제대로 하는지도 모르겠다!"

"응 그렇지! 말쑥한 옷인데 쉽게 고르는 평상복! 그것도 화려한 포목점에 가지 않고 가까운 점포나 5일장에 가서 사는 옷이었지?"

"그런데 나는 교회에 가는 옷이 별도로 없다. 비싼 옷도 없고 화려한 옷도 없다. 멋진 신식 디자인도 없다. 그저 정성껏 입으면 된다."

"멋진 옷과 다린 옷이 반드시 필요한 옷도 아니다."

성희는 내가 말하는 옷차림에 관하여 여러 사람이 무난한 옷이면 좋겠다는 생각을 말했다.

"교회에 가는 사람은 원래 가장 멋진 옷을 입어야 한다는 것이 법이라고 들었다. 규정된 법이 아니라 불문율이라도 전해오는 법이었다."

지금까지 들어온 것처럼 어느 정도 치장을 하고 멋진 옷을 골라야 한다는 말이 생각났다. 그런 과정에서 정성이 들어가고 행동도 조심하는 것이 신도의 의무 중 일부분이었을 것이다. 그런데 내가 느낀 것은 좀 타이트하게 조이지 말고 풀어주는 것이 교인 서로 간에 예의라고 들어왔다.

"불문율? 성문법에 있다는 조항이냐?"

성희가 다시 물었다. 그저 법을 따지는 것이 아니라 다른 반대 의견도 있지 않겠느냐는 주장이었다. 내가 생각하는 것과 성희의 생각이 별반 다르지 않았다.

교회에 가는 사람들은 한참 치장하고 비싼 옷을 골라 입는 것이 오래된 상례다. 목사님도 그렇게 전해 오는 것이 정답이라는 말을 하였었다. 그래서 대부분의 교회에서도 정장 차림을 하여 만나는 사람들 사이에서도 좋고 즐겁게 예배를 드리자고 일렀다. 우리 정장이라면 바로 한복이다. 그러나 교회에 갈 적에도 한복을 즐겨 입는 사람은 극히 드물다.

미국에서는 가장 말쑥한 차림으로 나타나서 지인들이 몰라보지 못했다는 말도 들려왔다. 그것은 상대방에 대한 예의다. 아들이 아버지를 안심시키고 아버지의 마음이 편하도록 유도하는 행위였다.

그런데 정작 옷이 허름한 사람은 어떤 기분일까! 자존감이 없는 사람일까? 우리나라의 공직자 중에서 주재가 없는 사람들 다수는 자기를 내세우면서 일반사람을 일러 개돼지라고 불렀는데, 그것은 보는 눈에는 정답 감인지도 모른다. 또한 무시하는 사람 덕분에 먹고 사는 주제이니 자신도 개돼지에 범주 안에 지나지 않는 것을 확인해주는 처사다.

나를 빼고 남을 개돼지라고 지칭하는 자들은 바로 자신이 비하하는 개돼지가 되는 자가당착의 말장난이다.

한편 요즘에는 개를 기르면서 안고, 먹여주고, 목욕시켜주다가, 자동차에 태워 여행을 떠나고, 같은 이불을 쓰고 자는 사람이 많은 현실이다. 그래서 비싼 옷이 없는 사람을 개보다 낮다고 무시하는 사람도 부지기수다. 인권과 개권을 어떻게 구분할 것인가!

나는 그런 정성을 대신하여 뒤뚱거리는 다리 불편한 사람에게 도움을 주자는 주장이다. 교회에 참석하고 싶었는데 다리가 아파서 오지 못한다는 사람에게 휠체어를 제공하는 정성이 더 나을 듯하다.

요즘 동물복지를 표명하다가 동물복지권을 부여하기 위하여 법을 추진 중이라고 한다. 그러나 '긴 병에 효자 없다.'는 오래 전부터 굳어진 말처럼 부모를 그만큼 귀히 여기지 않는다는 말이다. 개는 귀히 여기면서 내 아들이라고 하는데...

그럼 나는 어디서 나왔을까? 물론 아버지와 어머니를 통하여 태어난 사람이니 내가 부모를 소홀히 여길 것인가! 결코 아니다.

불교에서는 사후에 사람이 먼저고 다음이 개라는 말이 있다. 사람이 죽어서 개로 다시 살아난다면 최고의 덕을 쌓은 사람이라고 믿는다. 다음 사람은 아마 돼지 닭 오리 등등 척추동물로 되고 뒤로는 배추벌레 굼벵이 사마귀 지네 기타 등등의 순서를 차지할 것이다.

물론 나는 그런 순위도 모른다. 살생의 표본인 사자도 되고 악랄함의 대표인 악어도 된다고 치면 너무 어설프다. 또한 피 빨아먹는 모기와 가장 천하게 여기는 바퀴벌레도 살아서 덕을 쌓은 사람이 환생한다고 믿는 살생금지의 규정이다.

그럼에도 불구하고 절에서도 개를 사람과 동일하게 취급하는 것은 아니다. 엄연한 차이가 있고 사람과 개는 현격한 차별이 있다. 절에서 기르는 개를 목욕 시켜주면서 안아주고 업어주며 뽀뽀한 후 같은 이불을 쓰는 자가 있는가? 부모님이 개로 환생하여 찾아왔다고 하더라도 떠받들지만 개와 같이 생활하는 것이 최상의 효도가 아니며 불교계의 합당한 계율도 아니다.

사람이 개로 환생한 것은 천사처럼 착하게 살았던 사람이었다고 하더라도, 아무리 염라대왕에게 빌고 노잣돈을 주면서 아부를 떨어도 개에 지나지 못하다. 어찌 산 사람을 비할 수 있을까? 각자 집에서 기르든 말든 상관없지만 공중규율을 따르지 않으면 개를 개권으로 인정할 수 없다.

개에게는 그런 법을 지키지 않으면서 말로 개권만 주장하면 언어도단이다.

그러나 기독교의 최고 권력자인 하나님은 사람을 보이는 겉으로 평가하는 규정이 없다. 절대로 그런 것으로 평가하지 않으셨다. 그저 속마음이 겉으로 드러나는 진심이다. 집나간 사람이 먹을 것이 없어서 돼지가 먹는 것이라도 얻어먹으면 감지덕지라고 생각하였다. 그래서 돼지를 치겠다고 자청하였는데 그것을 허락하는 것도 황송할 따름이었다.

아버지가 그런 자녀가 돌아온 것을 귀히 여기며 있는 옷 중에서 가장 좋은 옷을 입히고, 돼지를 잡아 먹이며 잔치를 벌였다. 이것이 하나님이 하신 일을 비유하는 말이다. 사람을 개돼지의 동물권에 비유하는 것 자체가 아니라 타락에서 건져내는 인권을 존중히 여기는 것이다.

그러니 사람을 옷으로 평가하지 말고, 마음을 보아야 한다. 먹는 것도 얼마나 비싼 음식을 먹고 왔느냐고 물어도 안 된다. 그저 일용한 양식이 바로 사람의 육체를 지탱해주는 양식이기 때문이다.

"그래~ 오늘 점심은 내가 쏜다!"

오늘 아침 말을 먼저 걸었던 사람이 성희였고, 교회도 가지 못하도록 말을 시킨 사람도 성희였다. 그래서 미안하다는 마음을 담아 점심밥을 사주겠다는 말을 한 셈이다.

아니 진심을 담아 배려하는 것이 바로 헌금과 같은 심정이었을 것이다. 불쌍한 사람에게 베푸는 것은 일방적인 적선이며 다시 만나 헤아린 양을 되받을 의도는 물론 받으려 생각하는 의사도 없어야 한다. 이것이 선량한 거지에게 주는 선행이 같은 성격이라고 믿는다.

전에 다녔던 교회의 박용수 부목사가 주장했던 설교내용과 맞떨어졌다고 회고되었다. 내가 알았던 박용수는 원래 기독교인이 아니었었는데 나중에 늦깎이로 목사가 되었다는 것도 안 즈음이었다.

17

"띵동~"

콜벨을 누르자 마치 기다렸다는 듯 종업원이 달려왔다.

"예, 부르셨습니까?"

"부르자마자 오는데 주문은 왜 이렇게 받지 않은 거예요?"

"아니~ 주문을 안 받는다는 거요~ 얼마나 더 기다린다는 거요?"

우리는 지친 듯해지자 기분이 상해서 퉁명하게 말을 걸었다.

"예? 메뉴도 없습니다. 본인이 알아서 잡수셔야합니다!"

"내가 가져다 먹으라고? 술과 음료수는 셀프가 유행인데 음식도 내가 갖다 먹으라고요?"

"정말?"

"예! 음식도 셀프입니다."

"아니~ 결혼때나 큰 뷔페는 알겠는데 여기도 그런 거요?"

"예! 여기는 작아요. 그래도 요금을 선불로 하셨고요, 그때 적어놓은 것을 보셨잖아요?"

"애구머니나! 봤기는 했는데~ 아~ 그것이 그것이었구나!"

"중요한 내용이 아니라고 나는 기억방에 저장하지 않았어. 주문하러 언제 올라나 그냥 생각 없이 기다렸는데~"

미안하고 계면쩍어서 서로 빙빙 돌면서 말씨름을 하였다.

"예! 맞습니다. 드시고 싶은 것이 있으면 마음껏 드세요. 그리고 특별 메뉴가 있으면 다시 불러주세요!"

"특별 메뉴를 주문하면 새로 만들어내는 거요?"

"그럼 시간이 너무 걸리겠지!"

"예! 요리시간이 걸리고... 재료도 있는 것 중에서 선택하셔야 합니다."

"알았어요. 기다렸는데 배고파서 그냥 먹으면 되지~"

성희도 오래 기다렸으니 더 이상 참지 못하고 보이는 것을 먼저 먹어야 할 판이었다.

"성희야! 자기가 선불을 낼 때 보았는데 어쩌다가 뷔페라는 글자를 잊었을꼬?"

"ㅋㅋㅋ 잊다니~ 영자님의 기억력을 테스트하는 중이었다. 알아봤어!"

"아이고나~ 그래 나는 알았어. 그러나 네가 알아서 처리하라고 믿다가 모른 척 미뤘지! 됐나?"

"그래 됐다!"

"그래~ 그럼 닥치는 대로 먹자!"

"고맙다. 위로하고 격려해서~"

성희는 무엇이든 긍정적이면서 둘러 붙여 좋은 쪽으로 유도하는, 좋은 말만 골라 말하는 사람이었다. 나 위주로 아전인수 하는 것과는 전혀 다른 공존공생을 추구하는 처세라고 믿어도 무방하다. 내가 양보하여 덕을 쌓으면 다른 사람 알아채고 감사하여 갚는 보은이다. 돌아오면 생각하지 않았으니 복권 당첨과도 같다.

"당근! 위로 받고 격려 받은 사람은 나다."

모든 일에 있어서 성희에게 미안하고 고마웠다. 오늘의 배려에도 감사하다. 점심 값을 내는 것은 물론이며 아직까지 주장하는 것을 반대하고 비난하는 일도 없었다. 나를 틀렸다고 생각하더라도 직설즉답을 하지 않으면서, 천천히 나를 되돌아보다가 달리 생각하는 기회를 주는 사람이었다.

"각자 먹을 것만큼 각자가 골라 먹으면 간단하겠지?"

성희는 가격이 비싸거나 자기 입맛에 맞게 골라 먹는 것이 좋다고도 하지 않았다. 그래도 좋은가 하면서 의견을 물어본 것일 것이 분명하다.

"응! 그러면 좋지. 마음에 드는 음식을 골라 먹는 재미가 있을 것이다."

"그러나 싫은 음식을 즐겨 먹을 것이 없으나 어거지로 먹는 것도 때로는 필요하다."

성희가 앞에 말한 것과 달랐다. 하긴 사람 중에서는 이런 사람이 있고 저런 사람이 있다는 말로 들린다.

"응! 어떻게 해도 말이 된다. 틀린 곳도 없어!"

내 생각에도 상황에 따라 달라질 수도 있고, 만약 개인의 선택권이 주어진다면 정말 중구난방으로 통일이 될 수가 없다. 그러니 어떤 때는 내가 감수하고 참아야 어떤 일을 할 수도 있다.

"먹는 것이 중요한 것이 아니라 상대방의 입장을 파악하여 문제를 선결해주는 것이 정답이다."

"역시 성희씨! 내가 희생하며 배려하는 것이 바로 사랑이다. 배고픈 거지를 헤아려 먹이고 아픈 병자를 헤아려 치료해주는 것이 사랑이다."

"영자야, 내 말 어렵지?"

"아니요~ 정말 너무 쉽거든~요!"

"내가 쏜다 하면서 먹을 것을 골라라 하면, 상대는 미안하고 고마워서 사양하고 양보하다가 마음대로 먹자고 결론내지!"

"그러니 너무나 사양하지 말고 과감하게 진도를 내갈 때도 필요하다는 말이라고?"

"영자야! 그러니 각자 골라서 먹자고~"

"물론! 각자 다른 음식을 가져와서 먹으면 생각 외로 먹어보는 횡재가 생기지..."

"내 밥의 콩보다 영자 밥에 있는 콩이 더 커 보인다는 법이다. ㅋㅋㅋ"

"응~ 각자 따블이면 바로 따따블이고~."

"ㅎㅎㅎ~"

한 술 한 술 먹다보니 벌써 배가 불러왔다. 이제는 먹는 화제가 아니라 인생살이가 주제로 넘어가는 차례가 되었나보다. 누구든지 수순대로 진행하는 식사법일 것이다.

"땡땡~ 땡땡땡~ 땡~"

"아니 무슨 소리가 이렇냐?"

216

내가 듣고 보니 많이 들었던 같은 기계음이었다.

"응~ 누가 건드렸나? 접촉사고인가 모르겠다."

성희는 자기 차를 타고 왔는데 그만큼 무관심처럼 여겨졌다.

"어떤 사람은 '땡'하면 바로 튀어나가서 '누구냐?' 호통을 치는 게 정답인데..."

내 차에서 소리가 난다면 무슨 일이 벌어졌느냐고 예민한 것이 일반이다. 그러나 성희는 그래도 관심을 주지 않는 듯하였다.

"아니~ 무슨 일이 없다고? 왜 반응이 없겠냐!"

내 생각으로는 차 가격도 비싸고 폼도 나는 고급차인데 강 건너 불구경하는 성희였다.

"성희! 너는 초월성이냐?"

"초월성이 뭐냐? 비우기성이지!"

"그러면 네가 비우기성에서 뚝 떨어져 왔다고?"

"그래~ 나는 지금도 비우기 연습을 하는 중이다!"

"맞다! 그런 정도는 초월하고 비우기를 연습한다니..."

"영자야! 초월성은 이미 너한테서 배웠어."

"무슨 말씀을~"

"사람의 가장 중요한 돈을 마다하고 비우기를 실천한 너잖아?"

"그런가? 그래도 내가 비우기 교사가 아니다. 강요한 것도 요구한 것도 없다. 이점은 거짓말도 없다."

"알아! 그래도 영자가 스스로 실천하면서 보여주는 사람이니 '비우기' 교사라고 해도 과언이 아니라는 말이다."

"아니라니까! 네가 비우기 교수라는 말이 바로 내말이다."

"그런가? 역사학을 전공하였는데 독일에서는 독일문학을 마쳤으니 비우고 채웠다는 셈이다."

성희의 말이었다.

성희는 역사학을 배웠는데 바로 독일로 향했다. 그러면서 독일문학을 다시 공부한 사람이었으니 비우고 채우는 사람이었던 것이다. 나보고 비우기 실천가라고 말했지만, 자신도 욕심을 비우고 다른 새로운 것을 채웠다는 증거다.

"그래서 문학이라고 했는데 남아놓은 것이 얼마나 있냐?"

"남은 것은~ 한마디로 없다."

"그렇겠지! 내가 네 책을 줘도 못 읽어낼 테니..."

"ㅎㅎㅎ"

성희는 화통해졌다. 내 생각에서는 정말 문학을 한 사람답다는 생각이 들었다.

"그런데 네가 어떻게 독일문학을 할 수 있었지?"

"호호호, 그것은 비밀!"

"너와 나 사이에 무슨 비밀이 남았니?"

"비밀의 방문을 열어봐라! 내가 훤히 볼 수 있도록~"

"방문을 연다고 무엇을 볼 수 있느냐. 남은 곳은 바로 비밀 장부인데..."

"알았어. 그럼 자세히 얘기를 해봐! 그냥 술술~"

"내가 또 졌다."

"영자야! 영화에 나왔던 것이 '영자의 전성시대'인데 영자가 그냥 유명해졌겠어?"

"그랬어? 나는 그런 영화를 안 보아서 모르겠다."

"지금 영자가 살아온 것이 바로 '영자의 전성시대2'로 돌입되는 것이다."

"그래서?"

"기지배야, 니가 계속 이어줘야 말이 되잖아?"

"그래서?~"

"엄청 재미있는 기지배네~"

"그래서, 다음 펼쳐지는 독일문학 씬이 무엇이냐고? 계속 읊어야 소설을 쓸 수 있잖아."

"알았어! 내가 졌다. 포기할 수밖에..."

"포기를 한다니 그래서 다음은?"

"알았다니까~"

성희가 사학과를 졸업한 후 외국으로 유학을 갈 생각이 있었다. 그러다가 독일로 정했고 문학이라는 과목을 찾아냈다. 독일은 세계대전을 겪으면서 유명세를 탔었다.

거기다가 국내에서 '영자의 전성시대'라는 영화를 보고 감명을 받았다. 작품성이 아니라, 흥행성이 아니라, 유학을 떠나기 전에 출발하는 동기가 되었던 것이다. 왠지 좀 미진하다가 새로운 장르가 다가오는 서막을 여는 순간이었다. 신선한 맛을 가미하는 일상의 탈출이 동기를 부여하는 기회였다.

"그래서~"

"출발 전에 유명한 담당 교수가 누구냐는 관문이었다. 그리고 그 교수의 성향을 파악한 후 그와 함께 잘 통할 수 있는 방법이 무엇인가가 관건이 되었다."

"그것이? 그 비밀이었구나!"

"그렇다니까. 비밀의 방을 열고 들어가는 것이 어려운 것이 아니라 그 방에서 무엇을 보아야 된다는 말이지!"

"유심히 살펴본 고수의 취미와 헤어스타일, 페이스 타입, 좋아하는 음식, 즐겨 입는 옷, 그때 매만지는 컬러, 좋아하는 신문, 즐겨 읽는 잡지, 마시는 술의 종류, 그리고 같이 마시는 사람과 동향, 문학에 대한 칼럼, 작품집 등등 모든 군사를 동원하여 포섭하였다는 키라고 보면 되겠네?"

"영자가 정말 영자의 전성시대를 섭렵했구나!"

"아마도 지지배가 국외로 나가서 한참 날렸겠고!~"

"너는?"

"나는 국내용이라 따질 일도 없지~"

"야야~ 철학과 출신인데 경찰간부로 성공하였고, 헌병장교가 되더니 보병 중대장까지 두루 통반장을 거쳤다니 정말 국보감이지!"

"지금은?"

"국보감이라니까! 국보라면 이미 지난 유물이지만~"

"손바닥을 벗어나지 못하고 한물 간 인물로 살았구나!"

"에이~ 너랑 나랑 마찬가지잖아? 물이 흘러갔다!"

우리는 동갑이니 혼자 늙은 사람이 아니라 띠동갑으로 늙어온 세월을 인정해달라는 주장이었다.

"흐른 물이니 다시 돌아올 수 없구나!"

"흐른 물? 나는 타고 다녔던 승용차를 들여왔는데... 그것도 흐른 물이냐?"

"성희도 벌써 환갑이 지났잖아!"

"에궁! 승용차와 나를 묶어 한물 간 물이라고 여기다니! 억지 부리지 마라!"

역시 성희가 재미로 말을 지어낸 말을 되받아 일소하겠다는 일성을 던졌다.

"허튼 소리 하지 말고 본론으로 들어가자!"

다시 궁금한 성희의 독일 성공기를 듣고 싶어졌다.

"영자야, 본론이 뭐 그리 중요하냐? 지난 이야기인데~"

"그런가? 그러면 결론만이라도 알고 싶다."

"결론이라~ 그것은 결과에 따라 다르게 결정된다."

"뭣이라고?"

"그러니까 정해진 목표를 보고 그 목표에 접근할 방법을 찾아내야지! 말하면 나 위주로 도와줄 사람을 찾아내는 것, 다시 말하면 그런 사람을 파악하면서 내 편으로 포섭하는 것이 중요하다고 생각했다."

"그래서 주효되었다고 보나?"

"그럼! 목표 달성이었지!"

"그렇게 간단하게 성공했다고? 미인계로?"

"영자야! 그런 작전이 아니었어. 그저 진솔하게 접근하는 방법이었다. 예를 들면 목표 인물이 정말 숨겨진 비밀이 있느냐 없느냐. 지도 교수가 막힌 곳에 돌파하지 못해 진도가 나가지 않는 것이 무슨 이유일까 하는 것이었다."

"응~ 그러니까 지도자의 과제가 달성되도록 지도교수를 도와준다는 말이네!"

"그렇지! 큰 짐을 덜어주는 구세주가 되어주어야 한다는 말이다. 그러면 그 사람도 나를 이해하면서 믿어줄 것이다."

"응~ 그런다고 주고받는 거래가 정도는 아니다."

"그렇지~ 기브&테이크가 교육도 아니다."

"성희야 맞다! 요즘 생활을 보면 모든 것이 기브&테이크로 통한다. 그저 내가 하면 너도 하라는 식으로~"

"물론 받은 것은 다시 갚아야 한다는 옛말이 정답이었는데, 지금은 변질된 나 위주로 만들어낸 속담이 되었다."

"역시 성희가 착한 언어의 천재다."

"천재? 이미 답습한 원론이다. 지도자가 보는 신문이 어떤 신문인가 하는 것이 숙제였던 것이었다. 그래야 만나면 대화 상대가 되고 같이 느낀 감정을 나누면서 슬슬 풀리겠지! 이것이 벌써 교과서이며 지름길이었다."

"그랬어? 다 알고 있었다고?"

"물론 영자도 알고 있었고 나도 알고 있었어!"

"나는 무엇이든 알고 있었다고 말하지 않았어!"

"그렇겠지~ 그러다가 어느 잡지를 보고 있는지 슬쩍 넘겨보는 것이 키포인트다."

"어~ 한술 더 뜨는구나."

"그렇다니까! 이것도 ABC에 지나지 않아."

"얼씨구! 다음은?"

"즐겨먹는 음식은 어떤지 조사하고 특히 오늘 아침 식단은 어떻게 되었는지가 덤이다. 매일 항상 같지는 않으니~"

"성희야! 항상 예외라는 것이 있잖아!"

"그러면 오늘은 무엇을 먹고 싶은데 비위를 맞추면서 어떠신지 물어보면 백점이다."

"그것이 정답은 아니라면서~"

"응! 그것이 통하지 않으면 역공으로 나아가야. 오늘 특별한 날인데 이것이 먹고 싶다고 한다든지, 지역 특색 있는 음식을 소개시켜 달라고 부탁하는 방법도 있다."

"깜깜 막히면?"

"정면 돌파뿐이지! 지나가는 새가 똥을 싸고 갔다고 한다든지, 새는 왜 어느 시간도 없이 기분대로 싸고 도망가는지 이해가 되지 않는다든지, 엉뚱한 말을 불쑥 흔들어대며 참견하는 것도 돼."

"응~ 궁하면 상대방이 말을 하도록 유도하는 거?"

"글쎄. 지금은 영자가 나를 보고 우회작전을 썼잖아~"

"그랬어? 누가?"

"이것 봐~ 이것이 나보고 말을 하라고 시키는 거였다. 나도 그 정도는 알아서 물어보지는 않아~"

"ㅋㅋㅋ 그럼 네가 알아서 계속 쭈욱~~"

"할 수 없지. 요즘이 영자의 전성시대라니... 할 말이 없다."

"그러면 2편이라도…"

"그러다가 통하지 못하면 지금처럼 어거지가 필요해!"

"예를 들면? 어깃장!"

"ㅠㅠㅠ 지도자의 논문을 읽어보고 궁금하다는 핑계를 만들어야! 여기는 나도 같은데 여기는 좀 더 설명을 해달라고 부탁한다든지."

성희의 마음은 어느 정도라도 알 것 같았다. 이렇게 깊은 내용을 전달한 것도 드물었다.

"무슨 부탁? 강요와 내통하는 협박이잖아?"

나는 또 다시 말하도록 트집 잡으면서 유도하였다.

"알면서 또~"

"나는 모른다. 내가 알았다면 네 뒤를 따라 바로 유학 갔을 거다!"

"의뭉하기도~ 내숭!"

"응~ 원숭이 마음을 알 수 없다는 뜻이지?"

결론적으로 원숭이의 마음은 사람의 마음이 아니었다.

그래서 나는 진심으로 일본의 속내를 모르겠다는 말을 던졌다. 물론 일본은 사람의 마음이 아니라 일본인 즉 일본이라는 나라의 전체적인 의중이었다. 아마도 역사를 공부한 성희는 그저 나와 비슷한 마음이었을 것이다.

"그래! 지도자의 성향을 역사적인 차원에서 조사하는 것도 중요해. 그래야 말이 통하잖아~"

"성선설 성악설은 빼놓고?"

"아니~ 빼놓지 말고!"

성희는 역사 공부를 하다가 착한 나라가 있고 악한 나라가 있었다고 여기는 것 같았다. 그러니 성선설과 성악설을 구분하여 어쨌든 이론 두 부류가 있다는 것을 주장하였다.

"정말 우리나라는 성선설로 시작하는 나라야!"

"그런 법이 어디 있어? 가까운 일본도 성선설하고 가까운 거야."

"나도 일본은 몰라! 아마도 성악설일지도..."

물론 나도 성악설을 주장하는 것은 아니지만 비교해보면 성선설과는 거리가 먼 나라답다는 생각이 들었다. 내가 만난 일본인 개개인은 대체로 착한 속에 들었었다. 그러나 국가적 차원에서 지도자라는 작자들은 정치적 지지층을 쌓기 위하여 과격하며 깊은 포부에 불붙이는 작전을 채택하는 것처럼 보였다.

"성악설이라~ 근거는?"

성희는 따지고 들었다.

"몰라서 물어? 어제 있었던 국제관함식에 참석한다는 일본이 제2차 대전을 일으킨 나라가 맞잖아! 그런데 그때 욱일기라는 깃발을 내세워 이리저리 빗발치듯 들쑤시고 난리였다. 내가 전쟁으로 침투한 장본이라는 표시를 드러내고 아직도 그런 기세를 자랑하는 해적과 다름없다."

"그랬어?"

"그것뿐이 다는 아니다. 관함식에 그 욱일기를 달고 오겠다고 했다나 말았다나!"

"응, 역시 국제 깡패답네~"

"그러자 우리나라 국민들이 들고 일어났어. 그러면 오지 마라, 그러면 나중에도 만나지 말자는 여론이 대세였다."

뉴스를 보다가 나도 모르게 일본이 너무 심한 나라라는 데에 동조하고 있었다.

"결국은 참석했어?~ 철수했어?"

"아예 참석하지 않겠다고 공식 답변을 내놓았단다."

결과적으로 내가 관함식 중계방송 하는 듯하였다.

"정말 그 속을 모르겠다!"

"그러니 내숭을 숨어놓고... 의뭉도 하지!"

"내 말이! 원숭이 마음을 아는 사람도 있나? 있다 쳐도 교육이랍시고 세뇌 당하자 속은 숨어놓고 겉으로 드러내 보여주는 행동뿐이다."

국내용이 아니라 국제용으로 성장한 성희는 그래도 비교적 얌전한 말을 냈다.

"아~ 그런 말도 하기 싫다!"

과격하고 직설적인 이야기하다보면 마음 다칠까 조심스러웠다.

"그런데 노벨상에 일본은 문학과 물리학 수상자가 다수 나왔어. 그러니까 개인적으로는 성선설이 많다고 보는데 국가적으로는 그 반대라는 말이다."

"역시 정치라는 것과 국제 정세라는 것이 어렵다."

"이제 알았어? 국제적 차원이라는 것이 그런 거다!"

"벌써 핀트가 지나갔네! 원래 목적은 아니었잖아!"

이쯤에서 내가 마무리하고 싶었다. 발언이 나온 취지는 물론 일본에 관한 말이 아니라 독일 문학이었다.

"그럼~ 그런 열성이면 되다 마다! 그러나 제대로 배울 거면 거기 가서 그런 사람들하고 말을 섞어야 낫겠지!"

성희는 할 것 같으면 누가 봐도 한 것처럼 열성을 보이자는 주장이었다.

"맞다. 그래야 문화적 차이를 이해할 수 있겠지! 우리나라 걸작을 두고도 노벨문학상이 여태 안 나왔잖아~"

"그런데 나도 독일에서 공부했다고 쳐도 지역 문학상조차 하나도 못 받았어~"

"에잉~ 한 사람이 대표라고 노래 부르면 노벨상을 즉각 받을 수 있겠냐? 군계일학이라면~"

"미투! 내가 그래서 귀국했어. 빨리 널리 알리고 싶어서…"

"응! 역시 나보다 국가를 생각하는 인걸이다."

우리도 합의일치는 보았다. 그런 방법은 역시 많은 사람들이 동감하면서 알리는 것이 가장 중요하다고 본다. 이것이 바로 매스컴의 비중이다. 지금은 여행과 여가, 오락과 스포츠, 언론 모두를 통틀어서 돈벌이에 너무 집착하고 있다는 생각이 든다.

그러다보니 얼굴 없는 천사나 기부왕이 누구인지 모른다는 정도의 선한 미담이 들려오는 정도에 지나지 않다.

만약 얼굴 없는 천사가 도시마다 천 명이 나타난다거나 기부왕은 연속 10년 이상자만 명단에 올린다는 기사가 나면 좋겠다. 내가 먼저 돕겠다면서 앞장서는 사람이 넘친다면 좋은 나라가 된다는 주장이다. 더불어 사는 세상이 되고, 남을 돕는 사람이 줄을 선다면 다다익선이며, 선순환이 이어지는 나라가 될 것이다.

그런데 경제원리에 위배하고 나 위주의 아전인수를 주장한다면 경쟁과 출혈투쟁이 따를 뿐이라고 느낀다. 이런 것에 흔한 매스컴이 앞장서서 홍보한다면 쉽게 따를 것이다. 그 이유는 우리나라가 성선설을 믿고 있다는 나라이기 때문이다.

"야, 영자야! 기부 천사라서 독일 국제전시회에 출품된 장비를 보고 싶지 않니?"

"보고 싶지! 그러나 거기까지 갈 시간도 없다."

"무슨 말이?"

"나는 기부 천사에 등록하지 못한 주제이다. 그럴 시간이 있으면 빨리 지원하고 도와주어야지~ 한두 시간 거리도 아닌데 독일까지 간다고?"

"하긴~ 준 천사님! 그럼 국내 장비메이커를 방문하여 조사하는 것도 좋겠다."

"아~ 그거! 조금 더 생각해봐야겠다."

나는 그저 필드에 나가 조사하고 지원 대상자를 선정하는 것이 전부였다. 그것도 많지 않은 돈이라서 미안하고 계면쩍어 말도 조심하였다.

18

늙은 천사가 꿈결에서 다가왔다.

"탁탁탁! 탁탁!"

"누구요?"

깜짝 놀라 깨어서 물어보았다. 늙은 천사의 얼굴은 어릴 적 고운 윤곽이었으나 하얀 머리카락으로 연회색의 개량 한복을 입은 여인이었다.

"깜짝이야~"

정신을 차리고 보니 자주 만나는 성희가 분명하였다.

"애야! 우째 놀라기나!"

성희가 장난을 치면서 말을 걸었다.

"…"

나는 정신을 가다듬으면서 주춤거렸다.

"야! 빨리 문 좀 열어라~ 춥다!"

성희가 말을 걸었고 다시 재촉하였다.

"알았어…"

"엇~ 추버라. 기지배야 정신 좀 단디이 차리이소!"

"뭐라고?"

"에고~ 문디이~ 추운데 왜 차에서 자고 있느냐 말이다. 시동도 켜지 않고…"

성희는 내가 차에서 자고 있었던 이유를 모르고 있었다. 그러나 불문하고 차에서 자는 것은 틀렸다는 말이었다.

"맞다. 내가 미쳤나!"

"영자야! 아직 미치지는 않았다. 정신이 혼줄을 놓고 다른 생각을 하면 그렇게 미친 것처럼 보일 뿐이지…"

"나는 혼줄을 놓고 다른 생각을 한 것은 아니었는데… 출발하기 전에 이것저것 점검하다가 피곤하였는지 잠이 들었다."

"늦어서 다행이다. 출발했다가 도로에서 졸았다면 어떡하지!"

듣고 보니 성희의 관심과 배려가 밀려왔다. 정말 내가 착각한 늙은 천사라니… 어쨌든 선한 사마리아인처럼 느껴졌다.

"그래서, 어디를 간다고?"

성희가 물었다.

"말했잖아! 휠체어 장비를 보러 가자고..."

"들었다! 간다고는... 그런데 몇 시에 누구하고 갈 것인지 말을 하지는 않았잖아?"

"그랬어! 그저 오늘 간다고만 했어. 나 혼잣말로..."

"하이고~ 그래 알았다. 그것은 나도 인정한다. 그래서 이렇게 아침 일찍 왔잖아. 밥도 먹지 않고..."

"미안! 오늘 간단히 서베이를 하러갈 생각이었어..."

"들었다. 나도 안다고! 그래서 아무 말도 없이 그저 슬쩍 와서 동태만 파악하려고 온 거다. 틀렸나? 들렸나?"

"성희야! 고맙다. 네가 안 왔더라면 벌써 점심때쯤 되었겠지~"

"기지배, 많이 피곤했나보다! 혹시 해서 왔는데..."

"근데 니가 왜 다른 동네 사투리를 썼다는 것이!"

나는 고향에서 경찰로 출발하였고, 헌병은 포항에서, 보병은 삼척에서 지역 사투리를 경험해보았다. 그런데 성희는 언제 배운 말인지 궁금했다.

"뭔 궁금씩이나~ 우리나라인데 그렇고 그런 거지~"

"응~ 알았다. 니가 국가적 애국심이라고?"

"어? 벌써 눈치챘나? 생각난다. 해외에 살다보니 전라도나 경상도나 충청도나 같은 대한민국이라는 자긍심이 들었지!"

"자긍심이라~ 내 자긍심? 성희 자긍심?"

"물론 좁은 나라에서 좁은 지역감정을 따지지 말고 국가라는 내 자긍심이다."

"용케 알았네~ 이번에 귀국해서 준 책을 보니 그런 말도 나오더라..."

"이햐~ 영자 기억력이 아직 살아있네!"

"천만의 말씀! 내 기억력이 아니라 네가 준 책에 써있다고! 네가 쓴 내용이라는 기억력이란 말씀이다."

"흐이~ 내가 졌다."

"졌으면 나를 따라 가자!"

"알았어."

"됐나? 그럼 가자~ 출발~~"

"렛츠 고~"

"내가 렛츠 고라나~ 나는 엄연한 미스 구다."

"아~ 미안하다. 미스 구여사님!"

"야야~ 장난하냐? 미스 구를 보고 구여사라니..."

"미스나 미세스나 여사는 매반 일반이다!"

"알아~ 미스까지 여사라고 불러 놀리는 것이고..."

"으이고~ 그래서 너를 기지배라고 부른다. 됐지?"

"그래 됐다! 그만 간다~"

234

짧은 시간에 긴 대화를 마치고 이제 출발하였다.

"어어~ 야! 그런데 뭐가 달려온다. 저게 뭐지?"

여기 저기 두리번거리다가 성희가 발견한 것이 있나보다.

"뭐가 달려온다고? 누가?"

"아니 사람이 아니라 그저 매달린 것이..."

"응~ 그거는 깃발! 유치환의 깃발~"

"유치환이 지금 발표했다고? 아니다! 무슨 깃발인지 말해 봐라."

"정말 집요하네. 유치진의 순수한 마음을 담아 애처롭도록 간절하게 전달하는 아우성이다."

"그랬구나. 그런데 무슨 주제인고?"

"지지배 정말 알고 싶어?"

"그럼. 구여사님이니 깊은 뜻이 있었을 것으로 믿는다."

"동감합니다. 바로 '미투'다."

"미투~ 미투~ 내 미투?"

"그래. 김성희의 미투를 아우성치는 깃발이다."

"아~ 그랬었구나! 전에 동감하면 국민적 공감대를 널리 알리자는 이야기를 나누었잖아..."

"그랬다니까~ 그래서 내가 『미투』라는 책을 널리 알리고 싶었다."

"미투라~~ 독일에서 내가 발간한 책인데 왜 국내에 선전 하는 것인지... 너무 심한 것 아니냐?"

"심하기는 절대 아니다. 한국 사람이 독일에서 오래 살면서 독일 문화를 습득하고 지은 책이니 독일 사람이 쓴 것과 같은 책이라고 믿는다."

"거기까지는 공감!"

"그래서 이런 책을 널리 알리고 싶었다. 적을 알고 나를 알 아야 패전이 없다는 말이다."

사실 나는 성희가 쓴 책이 얼마나 유명하고 잘 된 책인지도 모른다. 그러나 지금 말하고 싶은 것은 우리나라 사람들이 나 서서 홍보하고, 보려는 사람에게 도움을 주어야 한다는 주장 이었다. 물론 책이 아니더라도 의학계나 화학계도 마찬가지 다. 사람들이 애국심을 발휘하여 개발하고 발표한 책을 읽어 줘야 갈수록 발전이 될 수밖에 없다는 의견이다.

"깃발에다 미투라~ 누가 무슨 뜻인지 알 수 있겠나?"

저자인 성희가 말했다. 사실 우리나라에는 아직 미투라는 공감대가 형성되지 않은 상태라서 거부감이 들지 않겠느냐 는 반응을 보였다.

"처음에는 모르겠지. 그러다가 많이 알리면 무슨 말인지 궁금하여 관심을 가지고 남겠지..."

어떻게 만들어져서 시작한 깃발 운동을 언제 어디서 호응을 받을 수 있을지 걱정이 들었고, 어떻게 시작할 것인지도 몰라서 막연하였다. 그러나 시작은 그저 첫 걸음이니 될 때까지 계속하면 된다고 믿었다. 내가 마치지 못하고 죽으면 누가 나서서 홍보에 동참할 것이고, 생전 초면이라는 지원자도 나올 것으로 기대를 걸었다.

"영자야! 너는 역시 마음이 착한 천사~"

"내가 천사 반열에 올랐다고? 너무나 엉뚱한 과찬이다."

"영자야, 지금까지 한 것만으로도 예비 천사에 오를만하다고 믿어."

"내가 천사 대오에 선다면 곧 천국에 가겠지! 그러나 나는 아직도 선데이집사니 반에 반도 차지 못한다."

나는 교회에 다닌다고 하지만 그것은 쉬운 답변이었다. 낮에 열리는 예배는 낮예배다. 거기에 참석하면 데이집사를 의미한다. 또 저녁 예배에 참석하면 이브닝집사라고 비아냥거린다. 더구나 철야기도를 포함하여 밤에 열리는 예배에 참석하면 나이트집사라고 부른다. 이것만 따진다고 하여도 하늘가는 천국행 티켓은 무척 힘든 일정이었다.

"응~ 집사나 권사나 하는 것은 겨우 호칭뿐이다. 그것으로 하늘에 올라가는 티켓이라고 정해진 것도 아닌데..."

"천국 티켓이라~ 비용이 얼만가?"

"천만의 말씀! 돈으로 구입하는 티켓이 아니라니까~"

성희는 내가 지금까지 잘 살아왔다고 칭찬하는 말을 하였다. 아니, 만약 앞으로만 잘하면 천사와 대등한 취급을 받겠다는 격려였을지도 모른다.

"그러면 어떻게 티켓을 구할 수 있단 말인가!"

나도 돈으로 가는 행복행 티켓이 아니라는 것은 안다. 그러면 어떤 방법으로 획득할 수 있을까? 그러고 나면 얼마나 행복할까? 어렵고 힘든 여로일리라! 쉽지도 않은 난관이 많으며 사람의 힘으로 극복하는 것이 어떤 삶인지도 모르면서 살아간다.

"야!~ 저기다."

성희가 휠체어대리점을 발견한 결과 기쁜 탄성이 나왔다.

"뭐? 어디를 보았다고?"

아직 친구에게는 목적지를 말해주지 않았다. 그러니 대뜸 튀어나오는 말이 잘 전달되지도 못했다.

"응~ 휠체어대리점!"

"내 생각으로는 그냥 아무 장비대리점이라면 만사오케이! 거기서 정보를 얻은 후 다음에 메이커를 찾아가려고..."

우선 대리점에서 자료를 습득한 후 다른 대리점과 비교하는 것도 필요한 단서가 될 것이다. 첩보를 가공하면 믿을 수 있는 고급 정보가 된다고 믿는다.

"정말 놀고먹는 천사가 아니라 노력하는 천사구나!"

"놀고먹는 고급천사~ 노력하는 미달천사!"

"그런데 영자천사님~ 당신은 무슨 수단으로 오늘도 쓰러가는고?"

"에이~ '미투' 책이 팔리면 인세를 받고..."

"아니~ 국내에 보급하지도 않았는데 무슨 얼토당토않은 인세 타령이냐... 지금까지 사용한 비용을 어떻게 조달했느냐고 물었다!"

"그건..."

"말하지 못하겠다고? 웬 비밀로?"

"비밀은! 공짜도 아니고 다른 기부자도 없다. 그저..."

"빨리 말하라니까~"

"성희야! 무슨 말로 그렇게 함부로 말을 해!"

"앗 뜨거라~ 부모님 재산이었구나! 부모님 함자를 올리다가 누가 될까봐 내 실수를 취소할게!"

"됐다! 이 지지배야~"

"야! 너는 미스니 기지배고, 나는 기혼자니 여사다. 그런 말도 함부로 쓰지 마라~"

이 말을 듣고 보면 티격태격 하다가 둘 사이에 거리가 벌어질 듯하였다. 그러나 그런 말 하고나서 틈이 생길 그럴 계제가 아니다. 이런 말은 아름다운 추억을 통하여 우정을 다지는 기회를 확인하는 수순이었다.

"아버지의 애국심과 가족애를 섞어서 빚어낸 결과였었다."

나는 아버지의 전쟁과 전후에 겪는 고통을 고스란히 알지는 못했다. 그러나 얼핏 들어도 그 아픈 상처를 알 것 같았다. 그럼에도 보듬지 못했고 어루만지지도 못했다. 나를 위하여 남겨준 것은 상이군인의 가족이라는 말인데, '국가유공자의 집'이라는 문패와 '영자를 부탁한다.'라는 말이 떠오른다.

"당연히 그렇지!"

나를 보면서 그럴만한 권한이 있다는 투로 말을 건넸다.

"우리 때는 대부분 그렇게 살아왔어! 나 빼고 다른 사람도..."

"그럼! 응당한 보상이 따라야지! 국가가 재원을 충당할 여력이 없어서 적게 지급하면서 그것도 늦게 책정되는 과정도 슬펐다."

"나는 다른 아버지를 모시고 살았다. 긴 세월이 흐른 뒤에 내가 자립을 하고보니 작은아버지께서 통장을 주셨다."

"통장?"

"아~ 몰라! 아무튼 내 명의로 만들어 주셨더구나~"

"그 통장은 아버지의 목숨 값이겠지..."

"그럴까 생각이 들어 물어보니 국가와 교통사고에 의한 명목이 그대로 보존되어 있다더라."

"그러면 뒷바라지 하신 작은 아버지는 친딸로 여기셨겠지! 역시 그 천사의 그 아버지~"

성희가 다시 나를 추켜 주었다.

"그래서 나는 울고 말았다. 한 동안 말도 하지 못했고 이틀을 먹지도 못했다."

지금 그 시절을 회상해보니 다시 밀려오는 슬픔이 한숨 거품으로 꺼지지도 않았다. 내 눈가에 물방울이 맺혔다.

"영자야~ 너의 천하가 왔다. 영자의 전성시대! 힘내라~"

"네가 귀국한다는 말을 듣고 결심을 했어. 오는 날을 기다리면서 얼마나 어떻게 뜻있는 일을 할 것인가 하는 고민에 싸였었다."

"그럼 아버님을 생각하면서 휠체어를 선택했어?"

"그렇지! 그것뿐이다."

"좋은 일이니 설령 내가 선택한 일이 실패라 해도 좋은 일

뿐이야..."

성희의 말을 생각해보면 간결하고 명료하였다. 정말 좋은 의미에서 좋은 일을 하다보면 환경의 변화나 주변 시샘하는 사람들이 많아서 약간의 차질이 있다하더라도 좋은 일임에는 틀림없다. 그러니 해놓고 후회하지 말고, 그 현장에서 판단하는 만족으로 마무리하는 것이 좋은 일이다. 친구의 말에 나도 동의하고 싶었다.

"오늘도 영자의 날이다. 혼자 결단하고, 혼자를 위하여 살아가는 사심이 없도록 천사가 되려는 날이다. 맞지?"

성희가 호응하는 말을 붙였다.

"에이~ 그런 말 하지 말라고 했잖아~"

"알았어~ 이제 그런 말하기 없기~ 약속!"

"그래!"

"복사!"

"야, 뭐야? 그 다음은 코팅하자고?"

"그렇지. 그 다음은 한 장씩 나눠 갖기다!"

"여사님이 갑자기 미스로 변했나? 말도 안 되게~"

"저녁에 해가 떴나 했더니 아침에 해가 졌나~"

"ㅎㅎㅎ 새똥이 빠졌다는 말씀이구나!"

나는 성희의 농담을 듣다가 피식 웃었다. 사람 사는 동안 심각한 일도 아닌데 무슨 일이 왜 그리 무거운가하고 따지고 보면 거품이었다. 그런 차원에서 나온 말이 새똥이 빠졌다는 말인데, 새가 대소변을 구분하지 않고 어느 때나 싸는 생리를 의미한다. 이것은 사람이 예측하지 못할 때에 새가 똥을 싼다는 비유다.

　"영자씨~ 너와 나는 같이 있는 처지에 아직도 변함없는 어린 아이다. 초등학교 1학년 생으로~"

　"ㅋㅋㅋ 우리는 영원한 올드미스네!"

　"타임머신 타고 영자의 전성시대를 지나 소싯적으로 돌아가보자…"

　"내가 과거로 돌아가든 말든 구영자이니까… 경자도 지나갔고…"

19

　"띠리링~ 띠리리리링~띠리링~ 띠리리리링~"

　"어~ 영자야! 무슨 일이냐?"

　"성희야! 좋은 소식이다. 떴다 떴어!"

"무슨 말이냐고?"

"미투가 떴다고!"

"웬 새똥?"

"으이구~ 니가 쓴 소설이 『미투』잖아?"

"철학자가 소설을 쓰고 있네! 요즘 뜨는 것이 미투 뉴스더구만~"

"알아! 그런데 내 덕에 소설 『미투』가 먼저 떴지, 그 다음에 뉴스 '미투'가 이어 떴다."

내가 알기로는 성희의 소설 『미투』가 공감대를 포용하는 의미라고 믿었다. 여태껏 보아온 성희라는 인물을 그려내는 데에 의심하지 않았다. 이것이 저자의 본심이라고 믿어도 충분하다.

그런데 뉴스 '미투'는 피해자에 대한 동정심과 분노를 유발하는 억울함을 토로하는 것과 같이 느껴진다. 그럼에도 미투는 피해자와 같은 동일체가 모여 힘들게 더해내는 단어로 보인다. 피해자라는 입장에서 굴레를 쓰고 싶지 않아서, 나를 드러내지 않았던 숨은 속마음이었을 것이다.

"내 『미투』는 좋은 것이 좋다는 얘기다. 다다익익이요 고진감래다."

"안다고! 뉴스 '미투'는 나쁘다는 원조에 다다익악이요 와

신상담이다. 그래서 숨기는 사실을 노출시키는 것이 어려웠
었다는 말이라고 본다."

　어릴 적에 영어를 배울 때 많이 사용하던 단어가 미투였다.
그저 한 마디로 줄이면 쉽고 표현하기 쉽고 복잡한 영어를 쉽
게 접근할 수 있는 촉매제였다고 생각한다. 좋든 싫든 미투는
'그저 나도 그래', '너와 같고 너희들과 같다.'는 동일질 감성
을 표현하는 짧은 단어이다. 동질감으로 통하는 언어다.

　"결론적으로 보면 소설 『미투』가 피해자가 동참하는 '미투'
에 불붙이는 마중물이 되었구나!"

　요즘 유행하는 작은 들불 그러니까 모인 '촛불'이 희망이요
소망이었다. 그래서 촛불이 모여 들불이 되더니 급기야 불길
로 번졌다. 그런 촛불이 꺼지지 않은 쏘시개가 되었었고...

　"그래! 성희의 소설이 이미 예견했다고 생각난다."

　"과장하지 말고, 띄웠다가 떨어트리면 묵사발이 된다~"

　"성희야! 내가 믿어. 알아? 나를 믿으라니까!"

　"알았어 알았다고. 미스 구야!"

　"너 혼자 비싼 비행기 타고 왔다고 너무 심하구나."

　"미안, 알았다니까!"

　"그럼, 일단 휴전!"

　"언제까지?"

"죽을 때까지~"

"정말 좋은 말이다. 영자씨~ 고맙다!"

"그만 하라니까!"

"오키!~"

말장난을 쉽게 하다가 쉽게 그치기도 하였다. 그러나 그런 속에는 말장난을 떠나 진솔하고 의미심장한 속을 보여주는 대화였다.

"친구야 빨리 만나보자!"

"그렇게 빨리?"

"그래 빨리!"

"그럼 영자가 정해봐"

"날짜는 얼마쯤 돼도 돼?"

"얼마나 미룬다고~ 말이 되냐?"

"응~ 그렇구나!"

"그럼 오늘 즉시! 그것도 오전에~ 그리고 지금!"

성희가 시원시원하게 말했다. 지금 시간이 있으니 부르면 즉시 달려가겠다는 말이었다. 그러고 보니 나도 바빠서 시간이 없다고 핑계를 둘러대기는 했지만 그래도 남는 것이 시간 뿐이다. 그래서 미안하기도 했다.

"그럼 즉시 와!"

"미스 아가씨! 알았습니다. 아직 밥도 못 먹었어도 그냥 간다. 알았지? 준비하고 있어!"

"응! 우리 식당은 메뉴판도 없어. 그냥 한 가지... ㅋㅋㅋ"

"없어? 생선회 모둠이라도 좋고 비빔밥도 좋고 쌈밥이라도 좋고 오로지 가지튀김이나 가지전도 좋다!"

"우리 메뉴판을 이미 읽어봤어? 내가 한 가지라고 말했는데~ 정말 탁월한 소설가가 틀림없다."

"또 또~! 너무 띄우지 마라니까..."

"알았어. 여기까지 끝!"

"예써!"

2부
홍자의 전성시대

20

"따르릉~ 따르릉~ 비켜나세요~ 자전거가 ~"

아무런 수신음이 울리지 않았다.

"따르르릉~ 거기 가는 저 사람~ 조심하세요~~"

그래도 아무 인기척도 없었다.

"어물어물 하다가는 큰일 납니다~~ 따르릉 따르릉..."

계속해서 2절까지 들어도 아무런 대답이 없었다.

"아니~ 웬 일이야? 밥하다가 태워서 정신없나~ 반찬 부식 재료를 사러 나갔나?"

김성희가 현관문을 눌렀지만 대답이 없자 혹시 잘못 왔는지 확인해보았다. 눈을 비비고 보아도 맞았다. 하루 이틀 찾아온 것도 아니라 눈 감고 와서도 찾을 수 있는 집이다.

"유신참마라더니..."

예행연습을 반복하듯 김유신 장군의 말이 자동으로 찾아오는 곳처럼 익숙한 곳이다. 혹시 성희가 잘못 찾아온 집인지도 모르겠다며 둘러보았다.

"그럼 그렇지! 김유신은 억울한 말을 죽이다니 말도 안 된다. 차라리 자기 발을 자르든지 걸어서 가야 제대로 된 사람이지..."

그러자 성희는 충성스러운 말을 탓하지 말고 내 탓이니 자신의 불찰을 뉘우쳐야 된다는 생각이 들었다.

어쩔 수 없이 또 전화기를 들었다. 그래도 대답이 없었다. 정말 귀신이 곡할 노릇이었을까. 성희는 홍자에게 불안한 마음이 일었다.

"어디 갔나~ 슈퍼에 가봐야겠네..."

"아니! 요즘에는 동네 슈퍼를 나들이라고 하던데... 정말 나들이 갔나?~"

성희가 슈퍼에 뛰어가서 물어보았는데 오늘은 아직 한 사람도 오지 않았다고 말했다. 다른 슈퍼 쪽으로 가기는 멀어서 까치발을 들고 내다보아도 홍자는 물론 지나가는 사람도 전혀 보이지 않았다.

"그렇구나! 휴일이라 일찍 오고가는 사람들이 모두 게으름을 피웠나보다."

다시 홍자의 집에 와서 현관 벨을 눌러보았다. 아직도 인기척이 없다. 혹시! 하는 불길한 낌새가 몰려왔다. 독거인은 움직이지 못하여 외부에 도움을 요청하지도 못했다는 말이 기억났다.

"아닌데! 요즘은 핸드폰을 늘상 끼고 다니니 급하면 전화를 하겠지! 눈이 안 보여서 번호를 누르지 못하더라도 오는 전화는 받을 수 있잖아!~"

성희가 혼잣말을 하였다.

'설마!?'

'아니다. 그 짧은 시간에 고독사는 아니고...'

'그럼 나머지 한 가지~ 심장마비?'

"아님 도로에 나갔다가 교통사고?"

'그렇겠지~ 아니! 교통사고면 병원에 갔을 거고... 병원에 눕혀있으면 전화를 받을 것이고...'

시간이 지날수록 조급한 마음에 불안감만 쌓였다.

"아니, 병원에서 혼수상태라도 옆에 있는 사람이 전화를 받을 것인데... 병원에서도 보호자를 찾아야하니 반드시 받을 것이고..."

애타는 시간이 벌써 30분도 넘었다. 역시 이런 저런 상상을 하였지만 아직 대답이 없었으며 해답도 없었다. 그럼 마지막 대안이다.

"여보세요! 경찰서죠? 여기는 000인데요 혼자 사는 사람이 있는데 전화를 안 받고 직접 찾아와도 대답이 없어서요."

"혹시 가까운 곳에 나가셨는지 찾아보셨어요?"

"찾아보았지요! 가서도 돌아다니며 물어보고... 돌아올 시간이 지났어도 오지 않고요. 밖에 나간 사람은 전화를 받을 거잖아요? 그런데 30분이 넘어도 전화를 안 받아서요!"

"그래요? 곧 출동하겠습니다."

"아니요! 아니! 방법을 찾았어요. 안 오셔도 되겠습니다."

"어! 그래요? 다행입니다. 그럼 끊겠습니다."

"예. 걱정 마세요!"

말을 들어보니 성희가 경찰을 위로하면서 걱정하지 말라고 격려하는 듯하였다.

"아! 띨띨아~ 이제 찾았네..."

늦었지만 성희는 열쇠를 가지고 있다는 생각이 떠올랐다. 누구든지 당황하다 조급한 마음을 가지고 있다면 빨리 발견하지 못하는 것이 인지상정이다. 어린 아이를 업고 다니면서 어디 있느냐고 물어보는 속담이 떠올랐을 것이다. '업은 아이 삼년 찾는다.'는 문구이다.

성희는 홍자의 열쇠를 비상용으로 보관하고 있었다. 물론 홍자도 성희의 거처를 알며 언제든지 방문할 수 있도록 열쇠를 나눠 보관하고 있었다.

둘은 오랜 죽마고우다. 현재는 독거하는 처지에 생사를 숨김없이 나눌 정도로 다정한 친분이라는 증거다.

"여보세요! 경찰서죠?"

누구든지 다급하면 대화하는 말이었다. 이번에도 성희가 경찰에게 홍자네 집에 와 달라는 전화를 걸고 말았다.

"아! 아까 전에 말씀하셨던 분이세요?"

"예! 글쎄 이번에는 급한 일이 생겼어요."

"무슨 일이신데요?"

"예 그러니까요~ 혼자 사는 집 주인이 죽었어요!"

"혼자 사는 집에 방문한 사람이 어떻게 알았어요?"

"그러니까~ 그냥 빨리 와 보세요! 다리가 덜덜 떨리고 가슴도 덜덜 뛰어요. 말도 못 하겠어요!"

"알았습니다. 곧 가보겠습니다. 그런데 상처나 특이한 이상은 없나요?"

"아~ 네! 정말 아무런 상처도 없고 피 한 방울도 없어요. 심장마빈가봐요."

"심장마비요? 어떻게 알아요?"

"몰라요! 그냥 해본 말이에요!"

경찰은 성희를 심문하는 것처럼 물었다. 그러나 전혀 예상하지 못한 사태를 당하니 그저 막막한 상태였을 것이다. 아니 무엇보다 성희의 심장이 터질 듯이 뛰고 있었을 것이다. 그렇다면 홍자의 심장이… 이미 홍자가 다 알고 있었다는 말인가! 그러면 시간을 기다렸다는 말인가!

"아니 이럴 수가! 홍자야~ 눈을 떠~봐~ 홍자야!~ 홍자야!"

성희가 홍자를 부둥켜안고 오열하였다. 이미 대답 없는 사람이 되었다니 '정말 내 인생도 이렇게 끝나는구나.' 하는 생각이 눈물로 되어 넘쳐흘렀다.

"어? 이것이 유서네?"

눈물을 닦으려고 일어나서 식탁위에 있는 화장지를 집어 들었다. 그러다 본 것이 바로 유서였다. '나 신홍자는 내가 죽은 다음에 ....'를 보았던 것이다.

"누구 있어요?"

드디어 경찰이 들이닥쳤다.

세 명이 뛰듯이 문을 박차고 약속이 된 듯 말을 하였다.

"혼자 있어요!"

"혼자요?"

경찰은 식탁 앞에 누워있는 홍자를 응시하였다. 그러다가 한 사람이 성희를 바라보면서 되물었다. 다른 사고처럼 형식적인 인적 사항과 최초 발견한 사람을 확보하는 것도 중요한 단서가 된다. 물론 초기 현장을 보존하다가 감식 전문가가 활동할 수 있도록 도와주는 것이 가장 중요한 포인트이다.

"여기 뭔가가 있다!"

식탁 위의 하얀 종이를 발견한 경찰이 말을 하였다.

"뭐야?"

다른 경찰이 물었다.

"아! 유언장?"

또 다른 경찰도 사망 현장에서 자주 본 '유서'라고 믿었지만, 분명히 '유언장'이라고 읽었기에 의아하게 여긴 것이었다.

"예? '유언장'이라고요? 내가 보았더니 유서로 쓰여 있었는데..."

성희가 본 것은 유서였다. 첫 장을 보았으나 끝까지는 읽지 못했다. 그러나 종이 한 장을 보고 유서가 아니라 유언이라고 주장하는 사람과 유언이 아니라 유서라고 주장하는 사람이 다르게 말하고 있었다.

"유언이라니까요! 이리 와서 읽어보세요!"

경찰이 다시 확인해주었다.

"어~ 정말 유서라니까요!"

성희가 다시 힘주어 말했다.

그러나 천천히 읽어 보자 정말 유서가 아니라 유언이라는 것을 알았다.

"맞잖아요! 보고도 몰라요?"

경찰은 유언장을 자세히 읽어보았다.

"아니! 전 재산을 준다면서 왜 이리 쫓겨 가지?"

내용을 보니 급하게 쓴 글씨와 여러 격식을 갖추지 못한 유언이라서 누가 보아도 믿기지 않을 뿐더러 이상하다는 느낌은 있었다

"정말! 웬 이런~ 일이?"

경찰은 최초 발견자이며 최초 신고자인데 유서와 유언도 구별하지 못한다고 말한 것부터 의심이 들고 말았다.

"그런데~ 처음 신고한 사람이죠? 신고하려다가 해결되었다고 했었는데... 두 번째 신고할 때는 해결되지 않았다는 무

슨 뜻인가요?"

"예. 처음에는 신고하고 현관문을 강제로 열고 들어가려고
했었어요. 그러다가 들어갈 수 있는 열쇠가 있어서 해결되었
으니 오지 말라고 말했어요!"

성희가 급한 김에 미처 발견하지 못한 열쇠를 늦게나마 알
아차렸으니 오지 말라고 취소한 것이었다. 그러다가 홍자가
죽은 것을 알고 또 한 번 당황한 마음에 횡설수설하였다.

"그런데 다른 집의 열쇠를 어디서 구했어요?"

"예! 그것은 벌써부터 가지고 다녔어요!"

"남의 열쇠를 가지고 다녔다고요?"

경찰은 무슨 말인지 모를 정도로 우연히 생각 외로 만난 사
건이었을 것이다.

"홍자와 나는 서로 열쇠를 교환하고 각자 보관하며 지냈어
요!"

"홍자라니요! 이 집의 주인입니까? 어떤 관계입니까?"

"홍자는 오늘 문제가 발생한 사람입니다."

"그래서요! 어떤 관계요?"

"아주 어릴 때부터 죽 같이 자란 친구예요."

"음~ 고향이 여기입니까? 혹시 한 집에서 자랐습니까?"

"고향은... "

성희는 한 마디로 대답할 형편은 아니었다. 어릴 적에 같이 자란 고향은 베이비붐 1세대라는 고난의 명예를 안고 태어났다. 어려운 환경에서 고생하며 같이 웃고 울었던 시절이 새록새록 솟아났다. 최근에는 매스컴에서 홀자, 홀자 타령을 시작했고, 이제는 홀자의 전성시대가 온다는 말에 같이 웃기도 했다. 그러다가 머뭇거리고 말았다.

"같이 가주셔야 되겠습니다."

"예?"

"경찰서에 가셔야 되겠습니다. 최초 발견자는 수사에 도움을 받고자 모시는 것입니다."

이제 생각해보니 성희가 경찰서에 가서 처음부터 지금까지 상세히 조사해보아야 될 것이라는 추측이 들었다. 현장에 다른 사람이 없는 상황이며, 다른 사람이 늦게라도 들어오지도 않았으니, 타살이라는 것과 그 가해자가 성희뿐이라는 짐작이 굳어지는 감이었다.

"꼭 가야됩니까?"

"가셔야 합니다. 임의로 자진 출두해 주셔야 하는데 수사에 급한 일이 발생하면 꼭 오시도록 할 것입니다. 지금은 그런 것도 아니고 그냥 참고인으로 가시면 좋겠습니다."

정말 수사에 도움을 요청한다고 하다가 꼭 같이 가야된다고 말한 것은 우선 살인자라고 믿으면서 수사가 시작된다는 뜻일 것이다. 혹시 모를 돌발이 있을까 해서 말을 삼가면서도 도주 및 잠적을 예방하는 차원이었을 것으로도 보인다.

"가지요!"

성희가 선선히 대답하였다.

"고맙습니다."

경찰은 여러 가지 정황을 보면 최초 신고자를 가장 유력한 피의자로 정한 것이 분명하다. 보이는 유언장을 급하게 썼으며 내용도 전 재산을 위임한다는 것도 의문이었다. 물론 어떤 다른 이의가 없으며 그 후에 일어나는 모든 권리에 묻지 않는다는 내용이었다.

그러다보니 사망자가 죽은 것을 확인한 후 임의로 급히 작성하여 꾸민 것으로 여길 수밖에 없다. 유언은 작성자가 인적 사항은 물론이며 가장 중요한 도장 날인과 위임 날짜, 위임 절차 방법 또한 아주 중요한 형식이다. 그런데 홍자의 유언에는 이런 내용들이 없어서 누가 보아도 조작이라고 여길 정도다.

"내 친구 홍자의 일인데 어떻게 모른척하겠어요? 적극 협조해드리겠습니다."

21

"탁탁~"

"이제 더 이상 둘러가지 마시고 시원하게 말씀해보세요!"

경찰은 성희가 조사를 받은 것들을 믿지 못하겠다는 말이었다. 그러면 성희가 살해자이니 순순히 자백하라는 주문으로 들렸다.

탁자를 치며 고성이 나오자 여러 경찰이 모여들었다. 이렇게 들려오는 말은 강요와 회유가 있지 않겠느냐는 궁금증을 유발하였다.

"아닙니다. 정말이라니까요!"

아무리 설명을 해도 먹히지 않아 답답하였다. 가슴을 열어속 시원히 해명할 방법도 없고, 어떻게 하여야 말을 믿을 것인지 막막하였다.

"야~ 야 조용해!"

여러 사람이 모여 있는 사이에 누군가가 조용히 하라는 말을 하였다.

"왜? 내가 잘못 했냐?"

조사관은 자기가 잘못이 없다고 말하였다. 물론 참고인 성희를 때리거나 성추행을 하지도 않았다. 조사관은 제스처를 섞어가면서 피의자를 회유하는 유도 심문하는 듯하였다.

"지나가시는 서장님이 들으실까봐 그랬어요!"

"맞아요! 서장님에게 물어보세요. 내가 잘못한 것이 없다고 증인에 서줄 것입니다."

성희는 다급한 바람에 경찰서장이라는 말을 듣자마자 임낙창이 스쳐갔다.

"서장님이요? 서장님이 증언해주신다고요? 말도 안 되는 소리~"

경찰서에서 조사 중인데 경찰서장이 증언을 서 주신다는 말은 어불성설이다. 공정하고 공평한 조사가 필요한데 서장이 나서서 그럴 수도 없다.

"아니예요! 정말 임낙창 서장을 불러주세요."

"뭐요? 우리 서장님도 아닌데..."

"아니~ 서장님은 다른 데로 가셨는데..."

그러고 보니 임낙창 서장은 다른 곳으로 전보를 가셨나보다. 하긴 경찰서의 내부 인사 조치를 외부인이 알 수도 없는 노릇이다. 결과적으로 임낙창은 성희가 잘못 기억하고 있었던 이름이었다.

"임낙찬 서장님을요?"

"예!"

성희가 의기양양 하였다. 드디어 요구를 들어줄 것처럼 착각을 하고 있었다.

"임낙찬 경무관님은 본청에 들어가셨습니다."

"이름도 틀리고 계급도 틀린 것으로 보아하니 모르는 사람이구만~ 혹시 사기를 쳐서 얼핏 들어본 사람 아니에요?"

다른 경찰도 별 뜻 없이 한 마디씩 던졌다.

"아니에요! 임낙찬 경무관은 홍자를 잘 알아요!"

성희는 마지막으로 홍자를 도와줄 사람 아니 성희를 도와줄 사람을 물고 늘어지겠다는 바람이었다.

"대체 무슨 관계가 복잡해요?"

조사관은 혼자 사는 여자 신홍자와 피의자인 김성희가 복잡하다는 것보다 쓸데없는 웬 말이 많으냐는 질문이었을 것이다. 어쩌면 직전 경찰서장이었던 임낙찬 총경 운운하면서 끼고 노는 형편없는 피의자라고 여겼을지도 모른다.

"복잡하기는~ 아주 간단해요. 아주 심플하다고요!"

성희가 한풀이 하듯 애원하였다. 어쩌면 실낱 같은 줄이라도 좋고 얇은 종이 한 장이라도 좋다는 기대였다. 물에 빠진 사람이 지푸라기를 잡고 허우적거리는 것처럼...

"그래서요~"

"임낙찬하고 신홍자는 경찰간보 37기 동기생입니다."

"그래서요~ 어? 그랬어요?"

조사관이 금시초문이라는 듯 반갑고 높으신 상관의 함자를 함부로 오르내리는 것이 미안하고, 진짜 사실이라면 어쩌나 하다가 걱정이 되어 어정쩡하며 말을 더듬었다.

"그랬군요! 오래 전에 임낙찬 경무관님이 서장으로 계실 때에 저를 찾아서 부탁을 하셨었어요. 어느 여인이 비 맞고 걸어갈 수밖에 없으니 댁으로 모시라는 말씀도 하셨습니다. 혹시 이분이 맞나요?"

"맞아요~ 맞아!"

"뭐가 맞아요?"

"임낙찬도 맞고 신홍자도 맞고..."

"싱겁기는~"

"아니요! 둘이 서로 잘 압니다. 서로 오해하지도 않고 언제 어느 때나 만나도 허물없이 잘 지내지요. 그것이 바로 진실하게 믿고 살아갈 만한 사람이라는 것이라니까요!"

성희는 힘주어 설명하였다. 구구절절 나열하지 않으면서 한 마디만 하더라도 그저 믿고 살아가는 사람이라는 진심을 전달하고 싶었다.

"내가 홍자를 천사라고 했었다니까요! 그렇게 살아온 사람입니다."

"그래서요? 그것이 오늘 일과 관계가 있다는 말인가요?"

"있지요! 홍자를 내가 믿고 있었는데 홍자도 나를 그만큼 믿어주었으니까요!"

"그런데 신홍자 여사님은 경찰이 되었다면서... 혹시 어느 정도나 봉직하셨는지 아세요?"

"잘 모르지만 대략 2년 정도만 근무했었지요!"

"예? 2년 만에?"

"그렇게 알고 있어요."

"맙소사! 그럴 리가~"

"믿어주세요! 홍자와 나는 그런 사이라니까요!"

"정말 믿으라고요? 그럼 죽을 날을 알고 불렀다는 말입니까~ 듣지 않았어도 알고 방문하였다는 말입니까?"

"그것은 억지네요! 아까 물어본 것은 홍자가 경찰을 몇 년이나 생활하였느냐고 물었잖아요? 그런데 지금은 새똥 싸는 말을 하고는! 사람의 인생이 예측할 수 있으면 방어하고 예방할 수 있는 일이잖아요? 그런데 한 치 앞을 내다보지 못하는 우리 인생이니 그런 말은 하지 마세요."

한참 이야기 하다보니 성희가 무척 화가 난 표정을 지었다. 왜 이런 말을 해야 되겠는지 사람을 무시하고 무조건 밀어붙이는 경찰이라는 느낌이 들었다.

"정말 이렇게 나올 거요?"

경찰 조사관도 볼멘 말을 뱉았다. 더 이상 말을 하고 싶지 않다는 기분이었을 것이다. 일반 조사관은 불문곡직하고 일방통행식 시간을 절약하자는 것이다. 그리고 급하면 조사관 위주로 조사하고 시끄러워질 것 같으면 대충 피의자와 피해자를 통틀어 유전무죄로 유도심문도 하기도 한다. 최소한 무전유죄를 만들어내지는 않았다는 마음으로...

"뭘요? 알아서 하세요!"

성희도 그렇게 함부로 하지 말자는 말을 하였다.

"알았어요. 오늘은 이만 그치지요! 그럼 내일 아침 10시에 다시 오세요."

경찰의 말을 듣고 성희는 참으로 분통이 끓었다. 지금까지 바르게 살았다고 자부하였는데 애먼 사람을 잡을 기세로 몰아붙이다니... 화가 치밀었다.

"알았어요. 내일 낮 11시에 나오겠습니다."

"10시라고 말했는데요!"

"알아들었다니까요! 그래서 내가 11시에 나오겠다고 말했잖아요?"

어쩌면 기싸움이라고 해석할 수도 있겠다. 무슨 세상이 그리 급하냐고 10시가 중요한 것이 아니니 필요에 따라 11시라고 주장한 논리였다. 그러다가 피의자 입장으로 돌아서면 그저 따를 수밖에 없으니까... 아직은 분명히 죄가 없다는 선량한 시민이라는 말이었다.

22

아침 신문에 사망 사건이 올랐다. 아무런 물증이 없고 외상도 없이 조용히 숨진 사람에 관한 내용이었다. 그는 바로 신홍자!

그러나 성희는 조간신문을 읽지 못했고, 저녁 뉴스에 나올 법한 자막도 접하지 못했다. 그리고 아침 뉴스조차 본 적도 없다. 홍자를 생각하면 그저 안타깝게 여길 수밖에 없다. 애석하여 위로하는 기회조차 주지 않고 떠난 홍자를 그리워하였다. 막막하고 엄습하는 두려움이 회오리를 쳤다.

'아니~ 그렇게 가다니... 허무한 인생이구나!'

'아~ 아! 천사가 어찌 죽는다는 말인가!'

'나를 천사라고 하더니 내가 죽을 때까지 보증수표를 쓰고

확인해줘야지... 허망하구나!'

'내가 너를 죽이다니... 말이 되냐?'

성희는 하고 싶은 말이 많았을 것이다. 그저 만나면 그만이고 헤어지면 그만인데... 허물을 벗겨놓고 뒤집어씌우는 사이가 아니니 두말 할 필요도 없이, 진심이 진심으로 통하는 처지였다.

'내가 너를 원망하고 싶구나~ 홍자야! 그러나 저 하늘에서는 부디 잘 지내기를 바란다!'

'내가 네 가슴을 치는 미련을 남겼구나. 부디 훌훌 벗어놓고 천국에서 만나자 천사야!'

성희는 이야기를 나눌 사람이 없으니 그저 허공이었다. 하고 싶은 말이 있다고 해도 그것은 대상 없는 독백에 지나지 않았다.

반기는 사람도 없고 찾을 사람도 없으나, 이미 약속은 하였으니 경찰서에 갈 수밖에 없었다.

"왔습니다."

"어? 벌써 오셨어요? 11시에 오신다 하시더니..."

"그래서 내가 잘못 한 것이 있어요?"

성희는 어제 맺힌 감정이 아직 풀리지 않았다. 그러나 업무상 그저 그렇다는 반응을 내비쳤다.

"별 말씀을요! 모닝커피 한 잔 드릴까요?"

"아니요. 됐어요."

"예? 그럼 연한 원두라도 드릴까요?"

"아니요. 됐어요."

"커피 안 드세요?"

"나도 커피를 마십니다. 그러나 오늘은 안 마실 겁니다. 절
대로~"

"예? 무슨 일이라도 있으세요?"

"예! 아직도 기분이 안 풀렸어요. 그래서 절대로 안 마신다
니까요!"

"그러면 이제 마음을 푸세요. 제가 잘못했습니다. 정식으로
사과를 드립니다."

"그럼 사과 주세요."

경찰관이 사과를 한다고 하니 그나마 마음이 누그려졌나
보다. 성희가 사과를 달라는 주문은 그저 수입품인 커피가 아
닌 국산품이라면 좋다는 마음이었을 것이다.

"어이~ 가서 사과 좀 사와! 맛있는 것으로..."

경찰관은 즉시 실행하겠다는 지시를 내렸다. 이른바 하급
자에게 심부름을 시키니 갑질이 아닌가 우려도 들었다.

"사과를 사 와야겠다고요? 그것도 심부름을 시키다니..."

"물론이지요. 사과를 받아야 하신다니 반드시 사와야겠지 않습니까? 업무상 공무로..."

"ㅎㅎ 사과를 몇 개나 사려고요?"

성희의 마음은 사과를 준다고 하니 그저 받으면 된다는 말이었다. 사과를 박스째 사 받겠다는 것도 아니고 트럭 째 사 받겠다는 것도 아니니 마음이면 족하다는 말이었다.

"그러니 서운하군요. 사과가 없으면 캔 사과주스로 충분합니다. 사과드리겠다고 해서 그럼 사과를 주세요 했으니 혀가 꼬부라진 사과주스라도 좋다는 뜻이었어요."

"정말 그렇군요. 그런 고차원~"

오늘은 경찰이 고분고분해졌다. 어제 하급자 대하듯 땡땡이를 찾더니만 오늘은 굽실이로 변했다. 아마도 뭔가를 낌새를 챘을 것이다. 최소한 성희가 홍자를 해치는 일이 없다는 것을 증명해주면 좋겠다는 생각이 들었다.

"차렷 경례!"

"충성!"

느닷없이 긴장하는 분위기가 돌았다. 성희는 누가 누군지도 모르며 특히 사복을 입은 경찰을 보면 그저 민간인인가 하는 짐작뿐이었다.

"김성희씨이신가요?"

"그런데요~"

"반갑습니다. 선배님!"

"예? 그러면 그~ 아니 그 분?"

성희는 이제야 짐작이 들었다. 사실 길 가에서 얼굴을 보면 알아채지 못할 정도였었다. 그러나 지금까지 이야기 했던 임낙청이라는 것을 알아보았다. 어렴풋이 어릴 적 인상이 나오는 것도 같고 아닌 것도 같고, 그저 그 정도였을 것이다. 벌써 40년도 지났으니...

"잘 지내셨지요? 한 번도 뵙지 못했습니다. 귀국하신 것은 알았는데 진즉 찾아뵈지 못해서 송구합니다."

"뉴스에 나올 일도 아닌 것을 가지고, 그 런데요!"

성희는 지난 일이며 상관없는 일이니 그저 지나가는 객이라는 말을 던졌다. 그러다가 자칭 후배라니 편하게 대하고 싶었는데, 막상 부하들이 줄을 서서 듣고 있으니 존대를 하지 않을 수 없었다.

"예! 어제 발생한 신홍자 선배님에 대한 건은 깨끗하게 마무리 될 것입니다. 걱정하지 마십시오."

"예? 벌써 마무리된다고요? 내가 죽이지 않았다고 하더라도 반드시 원인을 소명해야지요?"

성희는 지나가는 판단을 하지 말라며, 그러니 반드시 조사를 해야 되겠다고 부탁하는 내용이었다.

"예! 그래야 정답입니다. 그런데 신홍자 선배님께서 저한테 벌써 오래 전에 부탁을 하셨거든요."

"홍자가 죽거든 철저하게 조사하라는 말입니까?"

"아닙니다. 사인은 아주 복잡한 일이지만 우선 간단히 말씀드리겠습니다. 김선배님도 아무런 잘못이 없으니까 전혀 걱정하지 마시고요!"

"그러면..."

"아주~ 간단합니다. 신홍자 선배님이 저에게 서신을 보내왔습니다. 그 서신은 내가 죽거든 개봉하라고 부탁해오셨습니다. 그러니까 자기가 죽을 날을 알고 있듯이 훗날 개봉하라는 말이었지요."

"그럴 수가~ 죽으면 천국 가는 티켓을 구하자는 말을 나하고 나눴는데... 벌써 전에~"

"그렇지요? 그 때 이미 예견하셨던 것인가 봅니다."

"죽음을... 예언자도 아닌데 예견하다니~"

"그런데 어제 부음을 듣고 개봉해보니 바로 김성희 선배님께 유언을 하신 것입니다."

"예? 벌써 유언장을?"

"그렇습니다. 그 유언장의 내용을 어제 아침에 간단하게 전달하고자 썼던 유언장이 발견된 것이고요. 김 선배님이 놀라지 마시라고 그 정도만 미리 알려드리고자 썼던 유언장일 것입니다."

"그런데 왜 어떻게 예견할 수 있나요?"

"예! 그것은 본인이 벌써부터 짐작하신 것일 겁니다. 심장에 이상이 와서 필연 생명에 중요한 징후가 있었다고 알고 있습니다. 심근경색과 부정맥으로 심각한 상황에 처할 수도 있거든요. 게다가 협심증으로 아주 심각한 고통을 견뎌오고 있었습니다. 이런 일을 아시고 믿을 만한 사람을 고르다가 바로 김선배님을 지목하신 것이지요. 본인처럼 믿고 현관 열쇠를 건네 주었으니 보나마나 이미 끝난 상황입니다."

'흑흑흑...'

"그것보다 중요한 것은 제가 확인해보았더니 벌써부터 부인병을 안고 계셨습니다. 발견한 시점에서는 이미 회복 불가능이라는 진단을 받고 시한부 인생을 살아가는 중이셨습니다."

"꺼이 거이~"

성희는 임낙창의 말을 듣다보니 눈물이 흐른다. 그러나 소리 내어 울 수도 없었다. 미처 몰랐던 홍자의 고통을 헤아리지 못했으니... 홍자의 마음을 속속들이 알았다고 자부하였다니 한심한 친구였었다.

"몰랐어요. 귀국한지 얼마 되지 않아서... 정말 미처 몰랐어요!"

"걱정하지 마세요. 이미 지난 일은 지난 일이니 지금부터를 잘 챙기시기 바랍니다."

"무슨 일을요?"

이런 마당에 성희가 바로 해야 할 의무가 있어서 부탁하는 듯한 생각이 들어 묻지 않을 수 없었다.

"이미 전에 다니셨던 교회의 목사, 지역의 동사무소 동장, 공증담당 변호사랑 그리고 조사자 겸 경찰인 저까지 모두 같은 유언장을 보내셨어요. 그러니 누가 조작하고 추가하거나 헛된 짓을 할 수 있겠어요?"

"그렇군요. 바로 경찰 동기인 홍자가 완벽하게 만들었나 봅니다."

역시 홍자가 살아온 삶을 돌아보면 남에게 피해를 주지 않았고 오히려 배려하여 도와주는 생이라고 생각되었다. 이번 건도 마찬가지로 다른 사람들이 일처리를 할 때 어렵게 만들지 않았으며, 오히려 일을 잘 처리하도록 처음 순서부터 끝까지 완벽하게 마무리하였던 것으로 여겨진다.

'홍자야! 미처 알아주지 못해서 미안하다.'

'홍자야! 고맙다. 내 누명을 벗어주다니...'

'천국행 티켓은 부와 권력 또한 명예도 아니다. 게다가 교회 내의 직급과 서열도 아니다. 천국에서 편히 쉬거라...'

"선배님! 무슨 생각을 하세요?"

임낙찬 경무관이 너무나 속을 끓이지 말라며 건네는 위로였을 것이다. 별 생각 없이 성희에게 말을 걸었다.

"예? 아니요. 그저..."

성희도 따질 것 없고 시비를 가릴 것도 아무런 뜻도 없이 그저 그렇다는 대답을 하였다.

"그런데 독일영주권도 가지셨는데 왜 귀국하셨어요?"

"WIRKLICH! 그거야 고국이니 그립지요."

"그래서 신선배님도 김여사님을 기다리셨다는 듯 만나셨을 것입니다."

"그럴까요? 그러다 그렇게 되었는지도 모르겠어요."

"맞아요. 우선 순위가 중요하다면 인과응보가 겪을 것이지만, 우연이면서도 어릴 때부터 믿었고 지금도 믿었다는 것이라면 필연이겠지요."

정말 지금 만난 임낙찬은 초등학교 때 오다가다 한두 번 스쳐지나간 사람인데 사리분별이 확실하고 예의도 갖춘 소년이라는 생각이 들었다. 정말 모범생다운 면모를 보여주었다.

"바쁠텐데 이런 말을 해도 되나요?"

성희는 처음 만난 때 임낙찬이 바쁜 업무에 불구하고 잠깐 들렀으니 바로 가야되겠다고 하는 말을 들었었다.

사실 개인적으로 또 선후배로 게다가 신홍자의 죽음에 대하여 임낙찬과는 더 길고 진솔한 대화를 나누고 싶었다. 그러나 경찰의 업무 속성을 모르니 이런 처지에 시간을 내 달라고 부탁하지도 못했다.

"글쎄요~ 아무리 바빠도 민원이 있으면 중요한 일이라고 믿고 상담해야 되겠지요. 오늘 이것은 제가 담당하는 일이 아니니 그렇기는 하고요."

"듣고 보니 그렇네요!"

"아닙니다. 하다 보면 짧아질 수도 있고 길어질 수도 있지요. 사람 사는 일이 그게 바로 순리라고 생각합니다."

"역시 믿음직하네요. 설령 뒤에 번복한다하더라도 먼저 들어주고 고민하는 것만으로도 도움이 됩니다. 봉착할 때 위로가 되고 힘을 배가되는 응원도 되지요."

그러니 좀 더 이야기를 나누고 싶다는 말을 하였다. 지금까

274

지 몰랐던 일들이 속속 드러나고 있으니 홍자를 정확히 알 것 같았다. 그리고 임낙찬에 대해서도 어렴풋이나마 알 듯했다.

"그런데 홍자는 왜 경찰을 그만 두었데요?"

성희가 가장 궁금한 말을 꺼냈다.

"그건~ 그것은 좀 그렇지만... 말씀드리고 보면 요즘 거론 하는 미투입니다. 내용과 강도가 다르기는 하지만 하여튼 '미투'로 발단이 되었습니다. 이 부분은 공개적으로 더 이상 말 씀드릴 수가 없네요."

"그랬어요? 사실 내가 미처 알지 못했는데 요즘에도 '미투' 라는 신생어가 자주 올렸거든요. 혹시 마음의 상처가 아니었 나 다시 한 번 미안하고 염치가 없네요."

"그것도 잘못은 아닙니다. 두 분의 심상을 미루어 생각하면 정상적인 영어 미투라고 믿습니다. 그러니 미안해 마시고 폄 훼하거나 놀리는 내용이라고 여기지도 마세요."

성희는 임낙찬의 말을 듣고 보니 일말의 위로도 받고 다시 힘을 내라는 격려를 받기도 하였다. 역시 대화가 바로 배려와 응원의 원천이라는 말이라고 믿었다.

"하지만 내가 홍자의 마음을 알아채고 미리 예단하는 배려 와 응원을 하지 못했으니 이점은 정말 슬프고 안타까운 일이 네요."

"그럴 수도 있겠네요. 내가 고의가 아니었다고 하더라도 결과적으로 상대방은 상처가 되기도 하고 무시하는 왕따를 넘어 핍박이 되기도 하지요."

듣고 보니 임낙찬의 말은 글자 그대로 원리원칙을 실천하는 사람이라는 생각이 들었다. 과정에서 벌어진 상황을 상대방을 이해하면서도 우연하게 빚어진 사태를 예방하는 것이 더 좋다는 주장이었을 것이다. 그러면서도 오늘 성희가 홍자의 친구라는 점과 본인의 학교 선배라는 점을 존중하면서 정도를 벗어나지 않는 언행이라고 여겼다.

"잘 알았습니다. 초면에 이런 대화를 나눴다는 것도 잘 된 일이라고 생각합니다."

"김여사님! 그렇게 여기시다니 감사합니다. 그런데…"

"말하다 보니 벌써 시간이 되었네요. 시간을 많이 뺏어서 미안합니다."

성희는 이 정도 하면 이해가 되었다고 여겼다. 그리고 홍자의 죽음에 대한 오해가 풀렸고 오히려 홍자가 의로운 삶을 살았다고 믿을만한 결과를 얻어서 홀가분해졌다.

"천만의 말씀입니다. 제 입장에서는 선배님이 불편하시도록 누를 끼쳐 죄송합니다. 언제 다시 만나시면 시간을 내 보겠습니다."

"정말요? 하고 싶은 말이었는데... 지난 번 비 오는 일요일에 홍자를 댁에 모시라고 불렀던 사람과 셋이 자리를 만들면 좋겠네요."

"알았습니다. 비가 온 날 부른 이유는 아직 병중이라는 점과 폐렴이 겹쳐 매우 위험하니 반드시 댁에 모시라고 부탁했던 것입니다. 본인에게 자초지종을 설명하면 경찰의 보람을 느낄 겁니다. 근간에 시간을 내서 연락드리겠습니다. 그럼 선배님 이제 돌아가셔도 됩니다."

"예! 나는 일을 어떻게 해야 될지 몰라 상의하고도 싶어서요."

"아무 걱정 하지마시고... 오늘 일은 그만 마치겠습니다. 그럼 제가 먼저 가보겠습니다!"

임낙찬이 이제 가겠다고 말했다.

"그래요. 시유어게인!"

성희는 아직 완벽하지 못했지만 환한 얼굴을 지어보이며 인사를 했다.

"옛써! 미투"

임낙찬 경무관도 예의범절을 잊지 않고 대답하였다. 약한 환자는 물론 하급자에도 홀대하지 않았던 솔선 모범의 표본이었다. 오늘 일을 미루어보면 상대의 분위기를 읽어가면서 적절한 단어를 사용하는 인텔리라는 생각도 들었다.

23

'아차! 내가 잊었네!'

성희는 홍자를 보낸 후 반드시 해야 할 일을 마치지 못해서 죄를 진 것 같은 생각이 들었다.

'그것이~ 내가 홍자를 봐야 했었는데...'

성희는 이렇게 태평스런 자세가 어찌 사람의 도리인가 하는 생각이 들었다.

"그럼 내가 어디로 가볼까? 경찰서? 교회? 아닌데... 행려 사망자를 처리하는 동사무소도 안 되고... 독거노인을 담당하는 동사무소? 그것도 해당되지 않고... 단 하나 마지막 수단! 변호사를 찾아봐야 되겠네!"

다시 생각해보아도 마지막 코스가 바로 변호사를 만나보는 것이 정해진 순서라고 여겨졌다. 그리고 보니 홍자의 주변에 있는 사람은 동창과 선후배로 엮여 있다는 사실도 알게 되었다. 그들은 같이 고통을 나눈 사람일 것이다.

성희가 어렵게 공증변호사의 거처를 알아내서 바로 방문

을 하였다. 사전에 예약을 하지 않았지만 급한 일이니 머뭇거리지도 않고 즉시 실행한 것이었다. 변호사는 초등학교 선배였다. 두 사람을 엮어놓고 둘을 도와준다는 매개자 즉 이우진이었다. 긴 인연이었다.

"이변호사님이시지요?"

"그런데요..."

"예, 저는 김성희라고해요. 신홍자의 친구요."

"어! 김성희씨? 반가워요. 기다리고 있었어!"

방문하는 것을 기다렸다는 말은 벌써 왔어야 한다는 말일 것이다. 그러다가 조금 더 늦었더라면 성희도 제때 일을 하지 못하는 미숙아로 남고 말았을 것이다.

"반갑습니다. 저를 기다리고 계셨다니 그저 황송할 뿐입니다."

"참말 인걸인데 안타깝고 애석할 뿐입니다. 빨리 보내다니 ~ 미리 막지를 못했으니 나도 죄책감이 들고요."

"선배님이 무슨 죄책감씩이나요! 다른 사람보다 제가 불찰이라는 생각이 자꾸 들었어요."

이변호사의 말을 듣고 보니 역시 누구보다 가까이 지냈다는 사람이 그것을 파악하지 못하면서 넘겼다니 등잔 밑이 어둡다. 눈치 채지 못했다는 것이 죄책감이었을 것이다. 만나고 이야기하는 동안 그저 히히거리거나 말장난이 최선의 대화라고 믿었었는데, 역시 미안하고 염치없는 친구로 남았다. 고개를 들고 볼 면목이 없게 되었다.

"그런데 홍자는 어디로 갔나요?"

"그건~ 그건~ 말하기 어렵다."

"예? 물어보면 안 돼요?"

"그게 아니라~ 대학병원 연구소로 갔어."

"엥? 병원이 아니라 연구소?"

"그렇지! 홍자를 살리는 병원이 아니라, 그거 가~ 샅샅이 살펴본다는 목적이었어."

"아~ 시신을 기증하고 해부하면서 교육용이라니..."

성희는 다시 한 번 충격을 받았다. 흔히 안구나 장기, 골수 등 일부를 기증한다는 말은 들었지만 시신을 전부 내놓는다는데 유구무언! 입이 열 개라고 할 말이 없었다.

"이것은 언니 담당이 아니잖아요?"

"응! 내가 할 일은 아니지만 홍자씨가 결심할 즈음에 나를 찾아왔었어."

"그래요?"

"가끔 고향에 가서 둘러본 추억을 되씹으며 뇌리에 못 박았다고 하더라. 와서 이런저런 이야기를 많이 하다가 드디어 결심을 내렸더구나!"

물론 본인 외에는 누구든지 가타부타 따질 성격이 아니었다.

"아까운 홍자예요. 추억을 만드는 여행이 아니라 죽음을 예견하는 '이별여행'이었나 봐요. 치료거부권을 요구하다가 연명치료거부권을 수용하다니... 정말 대단한 여걸인데..."

성희가 귀국한 후에 홍자와 같이 고향을 방문하였고, 시골 교회에 가는 일도 동행했었다. 사람 죽는 것은 시간문제라는 생각이 들었다.

"내 생각도 동감이야!"

"그래서 제가 홍자를 보고 싶어서 왔다고 말해도, 못 본다고 한 마디로 하셨군요."

오늘 이변호사를 찾아온 목적이 바로 홍자의 소재를 알려 달라는 말이었다. 사인 조사 목적으로 부검을 하면서 시신 연구용으로 활용하여야 했으니 상하지 않도록 조심 조심 다루었을 것이고, 그러니 누구든지 보여줄 수도 없었단다. 이변호사는 소재를 알아도 당연이 만나볼 수 없다는 주장뿐이었다.

"그런데 홍자의 장례는 어떻게 하나요?"

성희는 이런 상황에서 홍자를 어떻게 장례를 치러야할지

막막하였다. 아니 방법을 찾아낼 수도 없어서 속수무책이었다.

"그건 간단해! 그냥 사진을 보면서 장례를 치르지. 영정사진이 없으면 위패함을 놓고 일반 절차에 따라 치르면 돼."

"그러나 정작 홍자는 어떻게 하고요?"

"시신을 활용하다가 연구 또는 학습용 기간이 지나면 모아서 화장하지. 그리고 그 골분을 반드시 소유자에게 반납하는 절차가 있어."

"흑흑흑. 아이고~ 참으로 안타까운 인생아!"

성희는 다시 눈물을 흘렸다.

"그런데요. 그 기간이 되어 돌아오는 홍자를 보면 내가 장례를 치르고 싶어요. 제가 할 수 있어요?"

"음~ 홍자씨는 무연고라서... 직계가 없으니 친인척 중에서 가장 친분이 있는 사람에게 인계하겠지..."

"듣고 보니 나는 장례를 치를 자격이 없는 사람이네요."

"통상 따르는 법에는 그렇지. 그러나 우선 순위자가 인계하는 절차를 거쳐서 허용하면 간단하잖아?"

변호사는 역시 법에 의하고 절차를 존중하는 사람일 것이다. 일반인은 절차를 생략하고 말 한 마디로 일사천리가 되겠지만... 그러다가 일을 그르치면 처음부터 절차와 서류를 확인하는 사람이 변호사겠지.

"우리 두 사람의 인연을 도와줄 이우진 변호사님! 그러면 시신을 수습하게 되면 저한테 연락 좀 주세요."

"노력할게. 나 한테는 연락을 해올 의무가 없어. 수소문을 들으면서 찾아보도록 함세."

이변호사는 자기가 만든 약속을 반드시 지켜야 된다는 사무감이 들었을 것이다. 그러다 자기가 그르치면 낭패가 될 것이니 아예 전적으로 자기를 믿지는 말고 다른 방안을 찾아보라는 말을 하였을 것이다.

"옙! 선배만 믿겠습니다."

성희도 믿지만 그래도 행여 모른 척하지 말고 좀 신경 좀 써달라며 거듭 부탁을 하였다. 물론 반드시 지키라는 말도 아니었고 한 치의 실수가 없도록 잊지 말라는 책임감을 부여하는 말도 아니었다.

"아참! 홍자가 저에게 유언을 했다더니 저한테는 유언을 주지 않았고 내용을 알려준 적도 없어요."

"아직 전달을 못 받았어? 그러면 내가 복사해주지..."

"예, 그렇게 해주세요."

"아니! 원본을 가져가."

이변호사는 머뭇거림도 없이 단호한 말을 하였다.

"선배님께 드린 것인데 그것을 저에게 주셔도 됩니까?"

"그럼~ 나에게 준 것이니 내 것이지? 그래서 다른 사람에게 주는 것은 내 맘이고…"

"ㅋㅋㅋ. 언니 말 듣고 보니 그렇네요."

"그러다가 원본을 잃어버리면 어떡해요?"

아직 유언을 받지 못했지만 일을 하다가 잃어 버리거나 훼손되기도 할 것이고, 사실 유언장대로 실행하지 못하고 죽은 사람도 많은 것이 현실이다. 그래서 성희는 홍자의 유언을 성실히 수행하려고 마음먹었지만 뒤따르는 염려가 고개를 들었다.

"하하하. 원본을 잃어버려도 상관없어. 그것도 자기 마음대로니까…"

"그래도요."

"걱정하지마. 잃어버리면 다시 와서 가져가. 원본이 공증된 것이니 몇 부씩이나 발행해줄 수도 있어."

공증이라는 것이 편리하다는 생각이 들었다. 그러나 다른 의미에서는 공증이 아주 까다롭고 애매한 사항을 확실히 판가름해준다는 지혜와 같다. 문자 한 구도 상대방과 협의하고 물어보면서 확인 한 후 기록하여, 훗날 다툼을 일으키지 말라는 의미에서 남긴다는 서류였다. 역시 공증이란 말은 개인을 떠나 공식적으로 증거가 된다는 말이었다.

"언니, 고마워요!"

성희는 유언장을 받아들자 대충 읽어본 뒤 핸드백에 고이 간직하고 돌아갔다.

24

조간신문이 시끄러워졌다. 기부의 대가이며 선한 사마리아인이고 자칭하던 신홍자씨가 죽고 보니 장애인처럼 살았다는 기사가 나온 것이다. 장애인 행세를 하면서 장애수당이나 국가보조금을 받아 챙겼으며 치부하였다는 보도도 나왔다. 게다가 그런 돈을 부여안고 자기 후계자에게 위임하였다는 비판도 나왔다.

"이럴 수가~"

'홍자야 걱정마라. 잘잘못을 따지는 분은 한 분이시다.'

'천당에 가는 사람은 목사님이나 장로 자격증이 있어야 하는 것도 아니며 선데이 집사라도 억울하고 가여운 사람이면 천당에 가는 법이지.'

성희는 보도를 접하니 황당하였다. 풍문을 마치 자신이 직접 취재한 것처럼 엉터리를 실은 기사였다. 지금이나 옛날에도 기사를 쓰는 사람들이 대보자를 엮어 휘둘러서 후려내는 수법이 취재용 교과서인가보다.

"하이고나~ 정말 세상의 악마들~ 하이에나가 가까운데서 득실대다니 어처구니가 없구나."

심정을 헤아리지 못하고 억측 보도가 난무하였다니 정말 사마리안이 필요한 시점인가 싶었다. 차라리 애견 번식용 공장 대신 사마리안을 존중하고 난민 이민이라도 받아들이면 좋겠다는 생각이 들었다.

"죽은 홍자는 그렇다 치더라도 살아있는 성희는 한 줄 취재도 없었고... 또한 누구를 앞세워 가십마저 얻어간 사람이 없었다. 정말 소설을 쓰고 내돌리다니..."

성희도 이 기사를 보고 한 마디 반박도 하지 않았다. 당사자가 앞에 나와 떳떳하다고 주장하며, 거짓 기사니 맞장을 뜨자고 하면 사필귀정 개인이 손해가 날 것이다. 물고 물리는 흙싸움에서 이겨도 옷이 더러워지기 마련이다. 옛날 '우지라면 파동'과 '고름우유 파동'이 살아나온 유령처럼…

일반적으로 억울하다면 당장 변호사를 찾아가서 대응을 펼칠 상황이었다. 그러나 성희는 그저 잠잠해지기를 기다렸다. 허위 기사는 반응을 보면서 장편 소설을 쓰다가 소재 밑

천이 떨어지면 주춤할 것이니 그때까지 기다려보자는 심산이었다. '기다려보자! 조금만이라도 기다려두자! 싸울 가치도 없는 녀석들이… 그럼 지금은 누구를 만나볼까...'

'목사님은 소재도 모르고 이름도 모르고... 어제 이변호사에게 물어보고 왔어야지 그랬네...'

"아! 이거다. 자봉!"

주소도 없고 이름도 모른다고 해도 자봉이라는 단어만 가지고 홍자에 대한 기록을 찾아낼 기세였다.

"그래 맞아! 그 중에서 홍자를 아는 사람이 있겠지... 수소문하면 바로 나타날 것이고 이실직고를..."

'만나기 전에 임낙찬에게 물어봐서 병력도 입수하면 되겠네!'

경찰은 조사차원에서 개인 신상명세를 파악하고 있을 것이다. 그러고 보니 정확한 첩보를 얻을 수 있다는 판단이 들었다. 아니 분명한 정보를 손에 쥐고 있을 것이라는 확신이 들었다.

'물론 그 전에 경찰이 조사차 방문하도록 명분을 주기 위해서는 신문 기자를 고소하는 절차가 필요할 것이고...'

성희의 생각도 맞았다. 정당한 절차가 있어야 개인 신상을 조사할 수 있으며, 어느 정도까지인지도 중요한 범위에 포함

되는 필수조건이었다.

그러다가 불현 듯 먼저 자원봉사자를 만나보고 싶었다. 크고 작은 단체가 있지만 시와 구청에서 통합하는 기관도 있다. 예전에는 홍자가 직접 전화를 하고 일정과 부수적인 상황까지 챙기면서 주도하였다는 것을 기억해냈다.

"여보세요? 자원봉사이지요?"

성희가 전화번호를 얻어서 직접 걸었다. 해결하는 방법이 답답하면 바로 만나 대화를 하는 것이 최선일 것이다. 혹시 못 만나면 전화라도 하면 되고, 그러다 보면 길이 열릴 기회를 제공하기도 할 것이다.

"그렇습니다. 무엇을 도와드릴까요?"

사무적인 반응이 들려왔다. 바쁘고 겨를이 없어서 그런지 기계적인 차가움이 뚝뚝 떨어진다.

"예, 사람을 찾고 있어요."

"누구를 찾으신지요."

"누군지 이름을 몰라요. 그저 예전부터 단골로 자원봉사 제도를 활용했었거든요."

성희는 홍자가 섭외한 로드매니저를 찾고 싶었다.

"이름을 모르신데 어떻게 파악해야 되는지 모르겠네요."

"예, 저기 신홍자라고 아세요? 며칠 전에 돌아가셨거든요."

"아~ 신홍자 여사님요? 자봉에서는 소문이 자자했었거든요. 아다마다요."

전화를 나누는 사람의 대화가 갑자기 나긋나긋해졌다. 혹시 홍자에 대한 감정이 아주 좋았던 것처럼 말이다.

"혹시 신홍자를 아는 사람이 있어요?"

"모릅니다. 센터에서는 당사자의 인적사항을 알려드릴 이유도 없고, 알려달라고 해도 안 됩니다."

"아~ 그래요? 미안하고요~ 사실은 신홍자에 관해서 좀 알아보고 싶어서요."

"그래도 신홍자 여사님에 대한 것을 알려드릴 수는 없습니다. 이미 돌아가신 개인 사정이라서요."

대화 하다보니 망인 프라이버시라든지 도우미의 일반적인 체면도 따져 묻지 말라는 말이었던 것 같다. 그러나 이 마당에 알았다고 하면서 미룰 일도 아니었다.

"아~ 알아요. 알겠어요. 그러나 내가 묻는 것은 신홍자의 인적 사항인데 내가 모르는 부분을 알고 싶어요. 하물며 나와 홍자가 그냥 모르는 사람도 아니니 제발 좀 알려주세요!"

"그래도 규정이 있고요~ 법도 있어요."

"알았어요. 그러면 두어 달 전에 신홍자가 필드나간다고 하면서 익산에 갔었는데 동행한 봉사자가 누구인지 알아주세요. 아니 그 사람 전화번호를 알려주세요."

성희는 마음이 급해졌다. 처음부터 나오는 말을 생각해보면 뚝뚝하다가 매정하다는 느낌도 들었던 것이다.

"정말... 인정 사항을 알려줄 수가 없다니까요!"

"..."

"누군데요?"

옆에서 듣는 사람이 지금 전화를 걸어 온 사람이 누구냐고 물었다.

"신홍자 여사가 보도에 나왔잖아! 그런데 동행하였던 사람이 누군지 알려달라는 말이다!"

"예? 신홍자 천사님 건으로요?"

"뭐? 신홍자 천사? 생전처음 듣는 소리네~"

"아니요~ 제가 알고 있는 분은 천사라고 들을 만 했었어요..."

"뭐라고? 신홍자씨가 천사라니... 야! 말조심해라. 신문에 장애인 행세를 하고 장애 수당을 타면서 국가유공자 가족으로 여러 보조를 받는다고 하더라..."

그러다 보니 일반적인 내용을 모르는 사람들은 보도가 어찌되었든지 그저 믿을 수밖에 없다는 생각이 들었다.

"아닙니다. 제가 아는 신여사님은 그런 사람이 아니에요. 말 한 마디도 예의바르고 약속한 것은 반드시 지키는 의리가 있는 분이세요."

로드매니저가 말을 하였다.

"그렇겠지! 그러니 그런 파렴치는 남을 의식하면서 사는 사람이다. 거짓으로 속이고 뒤를 챙기는 사람이니 그저 보이는 것을 다 믿으면 안 된다!"

"아니라니까요! 신홍자님은 여러 사람과 함께 동행하셨는데 제가 직접 모셔봐서 잘 알아요!"

전화기를 들고 있다가 나누는 대화를 엿듣고 보니 로드매니저가 홍자를 좋게 생각하고 있었다는 말도 들렸다.

"여보세요! 그러면 옆에 있는 분을 바꿔주세요!"

성희는 그 사람이 바로 구세주라는 생각이 들었다. 그래서 들고 있는 전화를 대고 큰 소리로 말했다.

"어? 전화 바꿔주세요!"

직원들 사이에 대화하다가 전화 속에서 들려나오는 말을 들었다는 짐작이었다. 다급한 성희의 절규를 들었나보다.

"여보세요! 여보세요!"

성희가 힘을 내어 다시 불렀다.

"예! 전화 바꿨습니다."

"반갑습니다. 신홍자와 함께 갔던 김성희라고 합니다. 그런데..."

"예! 알고 있습니다. 지난번에 필드 나가셨지요?"

"예! 필드는 맞지만 골프가 아니고 교회에 나섰던 사람입니다."

성희는 이제 안심이 되었다. 그러나 혹시 필드라면 진짜 골프를 하는 사람과 혼동을 하면 안 된다는 말이었다. 게다가 골프를 치고 다니는 사람이 아니라는 증언을 중언부언하고 있었다.

"그렇지요. 그런데 무슨 말씀이신지요?"

"그러니까~ 장애인 행세를 하거나 사치도 하지 않고 거들먹거리지 않는다는 착한 사람이라고 말 좀 해주세요."

"잘 알죠! 자동차에 장애인증명서도 없고요."

"홍자 차량에는 휠체어를 항상 가지고 다녔죠?"

"저는 그것은 모릅니다. 개인 사정이 다르니까요. 승합차 2대에 자동과 수동이 각각 하나씩 있어요. 필드 나갈 때는 현지 상황을 봐가면서 바꿔 사용했지요."

"그렇지요? 누가 동행하면 수동을 활용하고 누가 동행하지 않으면 자동을 활용하고..."

"아마 그럴 겁니다."

"그런데 대체로 누가 동행하였나요? 나는 몇 번뿐이었는
데..."

"예, 전에는 목사님이 그랬고 최근에는 짧은 머리를 깎은
사람이 나오기도 했어요."

"짧은 머리는 아마 경찰? 군인?"

"신분은 밝히지 않았어요. 그런데 냄새는 경찰 같았어요.
말투나 주로 사용하는 용어가 나오면 바로 알 수 있거든요!"

"그렇지요? 아마 경찰이 확실할 거예요."

성희는 전화만으로도 여러 정황을 알아들을 듯하였다.

"경찰도 한 사람인가요? 혹시 다른 경찰이 나왔었나요?"

"예, 제가 아는 범위에서는 같은 경찰이 나왔었거든요. 하
루 종일 봉사하는 역할이니 제가 생각해도 정말 감사하고 고
마운 사람들이었어요."

"뭐가요?"

"제가 하는 역할을 처리해주니 그저 황송할 뿐입니다."

"아니죠. 두 몫을 처리해야 하니 그것도 무리한 봉사라고
생각됩니다. 그러니 홍자가 반드시 동행할 사람을 물색하고
그 뒤에 자봉에 신청했겠지요."

성희는 한 번 확인한 필드에서 느낀 것을 반추하였다.

"맞아요."

"그런데 한 가지 더⋯"

"말씀해 보세요."

"저~ 목사님은 누군데요?"

"예! 박춘수 목사님이고요. 고향 동창 박용수씨의 친동생입니다."

"박춘수 목사님요?"

성희가 깜짝 놀랐다. 독일 유학 시절에 외로워서 한국사람이 몰리는 지역을 찾아 다녔다. 자주 가던 곳이 루터혁명기념공원이었는데, 그곳은 성지순례 출발지였다.

어느날 일행과 헤어져서 우왕좌왕 하는 사람을 발견하였다. 알아보니 목사 임직 전 코스에 나선 박춘수 목사였다. 성희의 도움으로 일행과 합류하게 되었다. 혹시 동명이인이가 동일인인가는 알 수 없다.

"예? 박용수의 동생? 서울이에요? 익산이에요?"

"지금은 익산에 계십니다. 수도권에서 대구를 거쳐 옮겼다고 들었어요."

"그렇군요. 동에 번쩍 서에 번쩍. 개척교회의 개척자!"

"전에 가셨던 세동교회의 김영진 장로를 비롯하여 박정권

장로, 추종호 장로, 호문수 장로, 이기풍 장로, 김영숙 장로, 김경자 장로, 이흥노 장로가 협의한 끝에 콘클라베로 추천을 받은 인물이거든요. 자신이 소속된 교회의 목사는 추천하지 못한다는 정말 기이한 우연의 연속이었습니다."

김영진 장로는 전국 시도 장로회에 통보하여 구제사업국장을 소집하였다. 그러나 일부는 코로나 때문에 참석하지 못한다는 통보도 받았다. 참석 수가 부족하지만 좋은 일이니 결과에 전적으로 동의한다는 위임장도 받았다.

"거기에도 흑막이 있겠어요? 홍자가 믿어온 장로에게 추천 의뢰 했겠지요."

"그럴 것입니다. 마지막 천사의 길을 걷겠다고 다짐하셨으니 친구 분들도 이해하셨을 것이죠."

"고맙습니다. 악마가 그림자를 드러낼까봐 분명히 공증이라는 방어막을 폈겠지요. 그런 휠체어는 어떻게 구입했는지 아세요?"

"그것은 간단해요. 익산국가공단에 있는 '인수기업'에 가시면 해결됩니다."

"인수기업? 재미있네요!"

"사장님이 정인수라는 사람이거든요. '거북이말아톤' 행사에서 주최, 주관, 실행까지 홀로 담당하는 황의성 사장님을 만나 의기투합하였다고 들었습니다."

"황의성을 응원하는 정인수라니~ 정의로운 기업을…"

성희는 다시 한 번 필드를 떠올렸다.

"예, 그래요. 그렇게 배려해주신 것이 바로 천사표 마음이라는 말입니다."

"그런 날이 항상 일요일은 아니잖아요?"

"물론입니다. 교회에만 가는 것도 아니고 평일 축제에 가기도 했어요. 또 어떤 때는 절에도 갔고요."

로드매니저의 말을 듣고 보니 역시 목사님의 시간을 뺏는 날은 토요일과 일요일을 피해야 한다. 그리고 수요일도 자리를 비울 형편이 아니었다.

물론 경찰 역시 토요일과 일요일을 제외하고는 시간을 맞출 겨를이 없었을 것이다. 그러다가 비상이 걸리거나 야근도 발생하는 불규칙적인 업무라서 항상 미리 확인해두었다가 계획을 조정하는 수순이었을 것이다.

"그런데~ 홍자씨 다리가 정말 심각한 상태라 휠체어를 타고 다녔나요?"

홍자의 다리에 대해 조심스럽게 물어보았다. 혹시 오해가 발생하면 자칫 소문이 무성해질 수도 있어서 아무나 물어볼 수도 없었다.

"모르시나요? 제가 알기로는 심하지는 않았고요 약간 불편한 것 밖에는 없어요!"

로드매니저가 대수롭지 않다고 말했다.

"그렇지요~ 살다보면 다리가 아프다가도 바로 낫거든요! 그러다가 전혀 낫지 못하는 불구가 될 수도 있고요."

성희는 맞장구를 쳤다. 사람일이니 손뼉도 마주 쳐야 소리가 난다는 말이 맞는 말이었다.

"그럼요! 사는 것은 함부로 얘기하는 것도 금기예요. 정말 남의 일이라 나하고는 전혀 상관없다고 무시하는 것도 꺼내기도 못할 언어도단이잖아요."

"그래요. 그럼 나중에 만나 직접 얘기 좀 하고 싶어요."

성희가 다음에 만나고 싶다고 청하였다.

"예. 그러시지요."

로드 매니저도 흔쾌히 승낙한 셈이다.

"그럼 시유어게인!"

"예! 안녕히 계십시오."

로드매니저가 전화를 끊었다. 철커덕하고는...

"아~ 전화번호를 알아놨어야 했는데..."

성희는 고무되어 뜬 기분으로 대화를 마무리하였다.

'안타깝구나! 로드매니저 전화번호도 모르는데... 다음에 직접 가서 부딪쳐야겠네...'

어쨌거든 홍자의 누명을 벗은 것 같은 기분이 들었다.

'그 다음에~ 방문할 휠체어 메이커도 필요하겠지...'

다른 방법으로는 메이커에서 구매한 숫자를 파악하는 것도 방법에 들 것이다. 홍자가 메이커와 직접 거래를 하였으니 요구사항을 변경하여 제공했을 것이다. 물론 대리점에서 구입하는 것도 좋지만 즉각 해결해주는 최선의 방법이었다.

'좋은 일을 하는데 고의가 아닌 혹여 실수가 있다하더라도 좋은 일을 한 사람을 돕는 것이 바람직한 처사다.'

'그러면 메이커도 흔쾌히 도움을 줄 것이고...'

누구인지 몰라도 예전에 홍자와 만난 사람이 있다면 사실대로만 대답해 주면 좋겠다는 생각이었다. 이 마당에 홍자를 왜곡하고 거짓으로 증언한다면 천사를 악마로 만드는 장본인일 것이라고 생각하고 있다.

'마지막 수단은 역시 공문서이며 공공사회에서 증거를 제시해줄 것이다. 일테면 동사무소에서 장애인증을 발급한 사실이 없다는.. 물론 장애수당을 받을 자격도 없다는....'

이런 저런 생각을 하다 보니 그리 어렵거나 곤란하다는 생각이 들지는 않았다. 그저 그런 일을 조사하여 기자를 고소하겠다는 것이 귀찮고 번거롭다는 생각뿐이었다.

지금 나타난 인물이 여럿 있었다. 그러나 대표적인 사람이 임낙찬과 이우진이었다. 사실 그 사람들이 각자 개인의 생계를 위해 열심히 살아왔다고 하지만, 그 외에 사람의 도리를 잊지 않고 만나는 사람에게 사람답게 대하는 것이 바로 보고 싶은 사람이었다.

'그런데 홍자가 준 돈으로 얼마나 셀 수 있을까?'

이것은 성희가 살아가는 동안 어디에서 어떻게 살아야 하는 생각이 아니었다. 홍자가 여기까지 살아왔던 것처럼 타인에게 베푸는 삶이 홍자의 모토였다. 그러니 불편한 사람의 다리가 되어주고, 마음이 편해져서 더불어 정신 생활도 풍요로워지면 바랄나위가 없다.

'그래서 몇 대나 사서 도와줄 수 있을까?'

'전동으로는 어림잡아 250만원이나 되는데 수동으로는 대략 40만원이 소요될 텐데...'

'혹시 교통사고를 당해 불편한 사람에게는 위로와 격려차원에서 도움도 줄 것이지만, 보험회사에서 어느 정도까지 도

와줄 것이고...'

'그러면 선천성 장애자는...'

'음~ 대략 500명이 해당되겠네.'

'헐? 500명을 선별해야 된다고... 언제? 누가?'

'요즘 100살 시대라지만 찾아내야 해결하지…'

역시 성희가 혼자 선별하고 도와준다고 하더라도 죽기 전에 이루지 못할 형편이었다.

"아~ 정말 헛된 소용에 정력을 낭비하지 말아야 되겠다. 괜히 헛기자들과 싸우려들지 말고 촌각을 아껴야 사람답게 살 것이고..."

그러면 훗날 홍자를 만나 볼 염치가 있겠는가? 아직은 업무가 미완성으로 남아있다. 혹시 홍자는 천국 갔는데 성희는 지옥에 갔다면... 생각해보면 끔찍할 것 같다. 교인 입장에서는 같은 목표가 결정되었을 것이다.

"어~ 이거다! 내가 죽을 때까지 달성할 수 없으니 죽은 후에도 이어갈 수 있도록 제도를 마련해놓으면 되겠구나!"

'드디어 발견했다. 굿 아이디어!'

'홍자의 아버님이 상이군인으로 살아오셨으며, 다음에는 작은아버지가 양녀를 삼아 기르셨다. 홍자가 성인이 되어서는 독립하면서부터 한 푼 두 푼을 모았다. 어릴 때부터 낭비

하지 않았고 허투루 소비하지도 않았던 홍자! 바로 자수성가
다.'

'평범한 월급생활하면서 개인이 12억 원을 모았으니 정말
대단하구나...'

'홍자야, 보고 싶다! 죽을 나이가 가까워서도 선데이집사에
만족하면서, 약하고 어리석은 어린아이처럼 살아온 생이었
구나! 역시 선한 사마리아처럼 모든 것을 내놓고 살아왔어~'

25

홍자의 부탁을 받자 거창하지 않지만 누가 보아도 남부럽
지 않은 구상을 폈다. 홍자 아버지의 한을 풀어드릴 수 있도
록 만들어주고 홍자의 포원도 씻어주는 꿈을 그려보았다.

이른바 다리에 도움이 되는 〈재단법인 조각〉을 구상하고
중얼거렸다.

'이쯤 되면 그럴 듯하지? 버킷리스트 대리만족!'

"소 떼가 달려온다 음메 기 살아~"

한 참 생각하는 중에 이상한 소리가 났다.

"백소가 달려왔다 음메 기 살아~"

"…"

"백소 떼가 달려왔다니까~ 놀라지마~"

"…"

"삐보- 삐보- 삐보-"

빠른 경보음이 '꼼짝마라!' 외쳤다.

"삐~웅 삐~웅 삐~웅"

이어서 빨리 길을 비켜달라는 응급차량 소리가 들렸다. 성희는 무슨 사건인지 궁금해져서 창밖을 내다보았다. 보이는 것은 온통 드맑은 햇살이었다.

"엄마! 밥 언제 줘?"

"어? 지금 몇 시냐?"

"자기야! 떡국 사온 거 어디 됐어?"

대화의 길

고맙습니다.

독자분께서 저에게 말을 걸어주셔서 말입니다. 저는 하고 싶은 말이 많았는데 독자께서 다 알아들으셨다고 해석되었습니다. 그러나 제가 잠시 자리를 비운 바람에 뵙지는 못했으나 이심전심으로 와 닿았습니다.

'야, 이것을 말이라고 해?'. '아닙니다, 이것은 소설입니다.'
'어쭈구리! 장난하나?'. '예, 천방지축 풋내기입니다.'
'정말 해가 동쪽에서 뜨겠구나!'. '예. 해가 서쪽에서 지더라도 정말입니다.'
'함부로 기웃거리지 마!'. '아무리 커봤자 올챙이적 기억을 잊은 개구리입니다.'

무시와 질책, 충고, 경고를 하셔도 저에게는 격려와 응원으로 돌아왔습니다.

감사합니다.

저자 한호철 드림

한호철

전북 익산출신으로 본명은 한한철, 호는 창암이다.

2004년 수필로 등단하였으며, 첫 수필집 『쉬운 일은 나도 할 줄 안다』를 비롯하여 작년 『그 사람 이름은 잊었지만』까지 다수가 있다. 민속학으로 『세시풍속이야기』와 『24절기 이야기』가 있으며, 문화재로써는 『익산의 문화재를 찾아서』, 지역 서적으로 『익산프로젝트』가 있고, 칼럼집 『블루코드』(공저)가 있다.

이번에 지은 본 서 『귀향』은 첫 장편소설이다.

h-h-cheol@hanmail.net

귀향

초판 인쇄 ㅣ 2021년 2월 8일
초판 발행 ㅣ 2021년 2월 8일

지 은 이 한호철

책 임 편 집 윤수경

발 행 처 도서출판 지식과교양
등 록 번 호 제2010-19호
주   소 서울시 강북구 우이동108-13 힐파크103호
전   화 (02) 900-4520 (대표) / 편집부 (02) 996-0041
팩   스 (02) 996-0043
전 자 우 편 kncbook@hanmail.net

ISBN 978-89-6764-168-9   03810
정가 16,000원